中公文庫

草の上の朝食

保坂和志

中央公論新社

目次

草の上の朝食　5
解説　石川忠司　287

草の上の朝食

1

朝まだ眠っているとアキラが「ねえ、ねえ」「ねえ、ねえ」「ねえ、ねえ、ねえ、ねえ」と、はじめはひかえめにそのうちにだんだん荒っぽくぼくの肩を揺さぶってきて、それだけされたら目を覚まさないわけがないが、無視して寝返りをうってうつぶせになると、今度は背中に馬乗りになって耳許で「おい、起きろよ」を連呼してくるから、もう一度からだをひねる勢いでアキラを払いのけて上体を起こすと、

「起きた?」

と言って、アキラは少しも悪びれたところのない顔で笑っていた。

「起きてない」

「起きてんじゃん。

相談があんの」

相談なら相談でそれらしい起こし方もあるだろうがアキラにそんなことは関係なくて、もう九時すぎだよと言っている。九時ならまだ寝ている時間だけれどそんなことをアキラに言っても無駄で、何の相談なんだと言うと、少し曖昧な笑いをつくって、

「よう子ちゃん、オレのことどう思ってんだろ」

と、つまらないことを言ってくるから、ぼくはできるだけ不機嫌な顔をして黙ってアキラを見つめてやった。

じっと見られるとアキラは一瞬ぼくを見つめ返したが、すぐに目をそらしたりまたこっちに向けたり唇を歪めて歯を無理に隠すような笑いをつくったりして、それから、

「ねえ、何とか言ってよ」

と、笑いでごまかしながら声をたてたけれどそれでもぼくは黙ったままで不機嫌な顔をくずさなかった。

「何とか言えよ」「ほらっ、寝るな」「こわい顔すんなよ」「黙ってちゃ、オレがバカみたいじゃん」「カッコつけんなよ」「ほらっ、また寝る」「坐ったまんまで寝るなよ」などとしゃべりつづけながらアキラはぼくの肩や膝や肘や横腹を指でつっついたり自分の頭を掻いたりしていて、何度目かにアキラの指が肩にきたときにぼくはそれを払って、

「そんなヒマがあったら、よう子と一緒にエサをあげて来いよ」

と言った。

よう子は同じこの時間に近所をまわって猫たちにエサを配って歩いている。四月にアキラがこの部屋に突然よう子を連れてきて、それからほとんど毎日よう子は近所のノラ猫たちにエサを配ってまわっている。

はじめのうちアキラは四六時中よう子にくっついて離れなかったから、猫には何の関心がなくても必ずよう子について歩いて、よう子のすることを手伝いもせずにただよう子の写真を撮りつづけていて、そうしているあいだこっちは飽きもしないでよくやると思っていたのだが、それが二ヵ月、三ヵ月とつづくうちにアキラはよう子と一緒に歩くのをちょくちょくさぼるようになっていた。

その朝もアキラはよう子と一緒に出掛けなかったのだけれど、ぼくからそれを言われるのはアキラにしてみればやっぱり心外で、アキラはわざとらしく口をとがらせて、

「だって、今朝は特別だもん」

と言った。

「何が特別なんだよ」

「だから、相談があるから特別なの。ねえ、よう子ちゃんオレのこと、どう思ってるんだろ？」

「うるせえなあ。よう子はおまえのこと好きだよッ」

と言ってもアキラは不満そうな顔をしているから、「疑ぐり深いやつだ」と言うとアキラは、

「本当に?」

と言って、今度は少し甘えるような上目づかいになった。疑う目も甘える目も満足そうな目もアキラは簡単に使い分ける。

「いつも好きだって言ってんじゃんか。

おまえがバクバク物を食うのもッ、誰にでもすぐにしつこくからだを押しつけてくるのもッ、あたりかまわず大声出すのもッ、一日中やかましく動きまわってるのもッ、ぜーんぶ好きだって、よう子は言ってんじゃんか」

そう言ってやると、アキラは「エーッ」とがなりたてた。

「そんなの、ほめ言葉にならないよ」

「だからおまえは全部がアキラだってことで許される稀有な人間だって、いつも言ってんだろ?

いいじゃないか」

ぼくはそう言い返してから布団を干しはじめた。

「ねえ、——ねえ、ねえ」

「タオルケット、取ってくれ」

「はいっ」

「ありがと」

「ねえ、——」

「なに？」

「もうおしまいなの？」

「おしまい。

おまえ、コーヒー飲む？」

「コーヒー？　いい。いらない」

それでぼくはお湯を沸かしてコーヒーを淹れる用意をはじめた。

実際言葉にすれば欠点としか聞こえないようなことがアキラの特徴のほとんどすべてでまわりの人間はそれがアキラなんだと了解しているが、ではそれがつき合ううちに少しは良く感じられてくるのかといえばやっぱり欠点は欠点で、こうして一対一で向き合っているとうっとうしくて腹が立ってくる。

それがアキラの撮った写真となるとからだ全体を押しつけてくるような存在感が写った

ものに反映されるのか写真に独特なリアリティを与えて、あちこちのコンテストで賞をとったりしてこっちは才能なんだろうとは思うけれど、才能があると思ってアキラとつき合っているわけではない。アキラが寄ってくるからこれがアキラだと観念してつき合っているだけのことで、人が相手の長所や才能を認めてその相手とつき合うわけではないことをそれこそ身をもって証明しているのがアキラだということになる。

コーヒーを飲みはじめてもアキラはぼくのそばから離れないでダイニングの床でごろごろしたり隅のベッドにドンッと弾みをつけて腰掛けたりしていて、ぼくはアキラと目を合わさないようにしていたがしまいに我慢できなくなってアキラがぼくの顔を覗きこんで、

「でもやっぱりさあ、その好きとあっちの好きとは好きの意味が違う……」

と言い出した。

「好きは全部おんなじだ。

人間には近づきたい気持ちと遠ざかりたい気持ちの二つしかないんだよ」

乱暴のようだがぼくはかなり本気でそう思っているから言葉の勢いに説得力もあったはずで、アキラの「だって、――」もだいぶ小さい声になっていて、

「セックスしてんだろ？」

と言うと、急に背筋を伸ばして坐り直して、

「たまにね」

と言って、子どもっぽい顔で笑った。

「じゃあいいじゃないか。

好きで、セックスもしてりゃあ、れっきとしたレンアイだよッ」

「レンアイかァ」

と、アキラはうれしそうな顔をしていて、結局その一言が聞きたかったのだろうが、その顔を見ているうちにもう一言言ってやりたくなって、よう子が一人で猫にエサを配っているときに自分だけ部屋に残って「よう子ちゃん、オレのことどう思ってんだろ」も「レンアイかァ」もないだろ、いくら猫が好きだと思っても思うだけでエサをあげなければ好きじゃないのと同じだってよう子が言うのと同じで、アキラだって部屋でこんなことをしゃべってるだけじゃあよう子を好きなことにならないと言うと、アキラはごちゃごちゃした言い方されるとわかんなくなるなんて言っていたが、

「だから早くよう子を迎えに行けっていうことだよ」

と言うと、アキラは「テレるなあ」だの「もうすぐもどるよ」だのと言いながらそれでもなんとなくうれしそうにカメラを持って出て行った。

そうしてアキラが迎えに出て行ったよう子というのはちょっと珍しいくらい顔立ちのいい子で誰が見てもアキラなんかにはもったいないが、四月にアキラがこの部屋に連れてきて以来アキラと一緒にここに住んでいて、たまにアキラと一緒に映画を観に行ったりぼくのよく知らないバンドのコンサートに行ったりする他はだいたい部屋にいるか近所を歩いてまわっていて、一日二回、朝と夕方に猫たちにエサを配っている。

話はアキラやよう子がこの部屋に来たのより前になるが、春先に茶トラの柄をしたほんの小さな子猫が何度かここを覗きにやってきたことがあって、それがやたらとかわいいものだからぼくはその子猫をつかまえようとして追いかけたり外にエサを置いて手なずけようとしたことがある。

ぼくはすぐにそれに飽きてしまったというか日がたつうちにあやふやになってしまったのだが、それを知ってそれじゃあアタシが手なずけると言い出したのがよう子で、どういう加減かよう子はそれをきっかけにしてだんだんと近所のいろいろな場所に猫のエサを置いて歩くようになった。もっとも当の茶トラの子猫は警戒心が強くてなかなか出てこなくて、よう子が茶トラと会うのはそれからずいぶんあとのことになるのだが、そのときそれが一匹ではなくて二匹いたことを知ってよう子とぼくのあいだで「ミイ」と「ミャア」という名前をつけることになるのだけど、そうやって毎日猫のエサを置きつづければ近所のノラ猫たちがそのエサをあてにするようになるのは自然なことで、いまでは十何匹の猫がよう子の来るのを待つようになっていて、よう子がエサを出すのを待ちきれなくて足にすり寄って催促する猫もいる。

猫たちがこっちの見ていないところで食べるのだったらよう子もエサを置いて次に移るだけだけれど、一ヵ所で二、三匹、多いときには五匹も六匹も集まってきてそれが自分の見ている前でエサを食べるようになると、猫が好きで猫がエサを食べる仕草がかわいいというような単純なことではすまなくなる。集まってくる猫たちの中にはやたらとガッガッ食べる猫もいるしそのおかげで食べそびれる猫もいるのだから、よう子は寄ってきた猫全部が一通りエサを食べ終わるまでそこにいて世話をやかなければならなくて、それに使った容器を片づけて次に移る。

そんな調子だから一回りするのに一時間ではきかなくなって、はじめの頃はいくらか気の向くのに任せて適当な時間にエサを置いてまわっていたのを一日二回と決めて、配って歩く道順も毎回同じにして、その道をよう子は小さい声で歌を歌いながら歩いていく。歌を歌うのは自分が近づくのを猫たちに知らせるためで、ひと夏それをつづけてよう子の肌は小麦色を通りこしてチョコレート色になっている。

それでももともとのきっかけになった茶トラのミイとミャアはめったに出てこない。めったに出てこなくても、よう子は一通りエサを配ったあとで、はじめてミイとミャアを見つけた桜の木のあるマンションの植え込みの脇に二匹のためにエサを置く。

これだけ他の猫たちがなつくようになったのにミイとミャアだけが出てこないのを皮肉な話だと言ってしまうこともできるだろうし、実際きっかけとなったミイとミャアへのこだわりはよう子にもあるのだが、はじめるきっかけとそれをつづけていくこととは心のありようが違う。いまよう子はミイとミャアのためだけではなくて近所にいる猫たち全体のためにエサを配りつづけている。しかし同時にミイとミャアのことも他と違う少し特別な仕方で気にかかっている。

それはアキラの気持ちのひっかかりと似ているといえなくもない。よう子と二人でぼくの部屋に転がり込んできたまではよかったが、ここに来たためによう子が猫に熱心になってしまってアキラとの恋愛のようなものはじつに妙な具合になってしまった。

アキラはたまに思い出したようにこのことを蒸し返してその朝のような「相談」をもちかけてくるのだけれど、よう子に猫とアキラのどっちが大事なのかとか、アキラといることとぼくの部屋にみんなでいることのどっちが楽しいのかなんて、そんなことを確かめてみてもたぶん意味がない。ぼくの部屋にいればよう子とアキラとそれにもう一人島田というやつがいて近所にはよう子になついた猫たちがいる、というのがよう子のいまの生活で、よう子はそこからしか何かを考えてはいないだろうとぼくは思っている。

それでアキラとよう子の他にもう一人この部屋に住みついているのが島田で、島田もアキラが相談があると言ってきたときにはすでに出掛けていた。

島田がぼくの部屋に転がり込んできたのは六月のことで、その頃はコンピューター・ソフトの会社に勤めていたのだけれど、毎日朝から夜遅くまで働かせられて、というか会社にいると働く状況に流されてついつい一所懸命働いてしまうから、会社を辞めて小説を書くんだと夏に唐突なことを言い出して、それなら試しに「会社を辞めて小説を書きたい」とそのとおり社長に言ってみろとそそのかしたら島田は本当に社長にそう言って会社に行かなくてもいいようになってしまった。

もちろんクビになったわけではなくて給料は今までどおりもらいながら会社に行かないという境遇になったのだが、理由が変わっていて島田が社長に「会社を辞めて小説を書きたい」と言ってみたら、その社長という人が「じゃあ会社なんか来なくていいから俺の伝記を書け」と言ったと言うのだ。それも書けなくてもかまわない、今まで何人かにやらせてみて全部つまらないことしか書いてきていないから島田だって失敗してもかまわない、うまくいったら二千万だか二百万だか別に金をくれるなんてことまで言ったと言うのだが、島田の話はどこまで真に受けていいかわからない。

島田というのは見ようによってはアキラよりも社会性のない人間で、ぼくの部屋に転がり込んできたのもそれまで住んでいたアパートが二週間後に取り壊されると大家から突然通知されて行き場に困って一時的なつもりでここに住むようになったのだが、だいたいアパートの取り壊しを二週間前に通達する大家がいるわけがないのだから、話をおかしくしたのは島田の方のはずだ。使用説明書だとか契約書だとかをこっちがやたら丁寧に念を押しながら説明して聞かせて、そのあいだ「ふん、ふん」とわかったような返事をしているくせにあとになってみると結局何も通じていなかったという人間がどこにでもいるもので、島田というのはそういう種類の人間の典型なんだと思う。

だから社長というのは本業がヤクザでコンピューター・ソフトと全然別のところで金儲けをしているから金はいくらでもあるとか、いわゆるヤクザというイメージとはまったく違って社員たちが働いているところにひょっこり現われては妙なウソくさいことばっかりしゃべって楽しんでいるとかいうのも島田の話だからどこまで信じていいのかわからないが、とにかくそれから島田は会社には週に二度も顔を出せばいいことになって今では仕事の引き継ぎも終わってそれも行っていないらしいのだけれど、そうなっても島田は毎朝八時か九時にはこの部屋を出て行く。

毎朝そんな時間に出て一日何をしているんだと島田に訊くと、島田は舌が長すぎるのか短かすぎるのかそういう人間独特のしかも早口のしゃべり方で、

「や、特に何もしてない」

と答える。

「何もしてないって言ったたって、何かしてるだろ」

「や、だから何もしてないんだ。

山手線、一日乗ってたり、喫茶店入ってたり、かな？

あ、本屋にも行くな。映画観ることもあるな。ま、そんなもんだよ。

だから何もしてない」

「じゃあ、ここにいればいいじゃないか」

「や、ダメだ。

ここにいたら、何もしなくなる」

まったく島田の話というのはこういう調子だけれど、何もしないときこそ規則正しい生活が必要なんだと言う。

「や、ここにいたらずっと寝ちゃう。寝たきり青年だ」

とおもしろくもないことを言って、島田は一人で短く笑い、

「おれ、怠け者だから。や、知ってるよね」

とつづけた。

「知ってるよ」

「だろ？　だから、『毎日外に出る』って、自分で自分に課さないと、本当に何もしなくなる。や、だからまず物理的な拘束がね、必要だよね。起きてりゃ、何か考える」

そう言われて今度はぼくが笑ってしまったが、「起きていれば何か考える。起きていなければ何も考えない」というのは、コンピューター・ソフトの会社に落ち着くまでたまにバイトを見つけてきてはすぐに辞めてあとは部屋でごろごろ寝て暮らすという生活を何年も経験したことのある島田でなければ考えつかない台詞で、名言かもしれないと思った。

「でも、山手線の中で本読んだりするんだろ？」

「や、読まない。

だから何もしてないんだ」

と言って、島田はその日も九時前にどこかに出掛けていて、アキラがぼくを起こした時間にはもういなかった。


だからアキラがいなくなるとぼくは部屋に一人で、そうしてコーヒーを飲んでから顔を洗って髭を剃っていたが、仕度が終わる頃アキラが、

「ただいまァッ」

と、「ダダイバアー」と聞こえるようなその一言だけで騒々しくなるしゃべり方で帰ってきたが、しゃべり方だけでなくドアを開けるのも靴を脱ぐのも騒々しい。

アキラはそのまま足音を立てて島田と二人で寝ていた部屋に行って二、三日前にどこかから仕入れてきたジャマイカのコーラス・グループが歌っているとかいう日本の歌謡曲のテープを大きい音でかけてダイニングにもどってきて、ダイニングの隅にあるよう子の寝るベッドに勢いをつけて腰掛けてマットのスプリングでからだを弾ませていたが、あとから入ってきたよう子がぼくに、

「アキラ君、さっきレンアイ相談したんだって？」

と言って笑った。

「こいつ何でもしゃべるんだな」

ぼくはそう言ったけれど、人と話したことも一人で思ったことも外で見てきたことも何でもよう子にしゃべるのがアキラの素直なところで、さすがのアキラもよう子としゃべるときだけは五ヵ月たったいまでも少しだけ押しつけがましさを抑えていて、それでなのかよう子はアキラのことをぼくや島田ほどうっとうしがらない。

「好きっていう気持ちはどれでも同じって、いいね」

と言いながらよう子はあまったキャットフードを片づけていたけれど、アキラに勢いにまかせて言ったことをあとになってそのままよう子から言われるとこっちは少しきまりが悪くなる。

近づきたい気持ちと遠ざかりたい気持ちの二つしかないというのはウソで口にしたわけではないが、問題はそこから先で、つまりこれだけでは何も説明したことにはならないからぼくは何か言い訳をしようと思ったが、それよりさきによう子がプラスチックの皿と水飲みの容器を洗おうとしたのを見て、アキラが「オレ、やる」と言って隅のベッドから跳ねて流し台に行った。

「無理しちゃって――」

「いいよ。やるよ。ちゃんと洗うから、大丈夫」

「じゃ、お願い」

と言ってよう子は流しから離れて、「とんかつ屋さんの脇のところの茶白と斑《まだら》の子、やっぱり親子なんだって」とぼくに言った。

「二番目のところか？」

「違うってば。二番目は栗の畑の隣りのアパートの脇の駐車場。とんかつ屋さんの脇の路地は三番目」

このあたりにはキャベツ畑も栗の畑もあるのだが、ぼくはよう子の歩く順番を何度聞かされてもわからなくてそのたびに訂正される。

「今年の春頃生まれたんだって。いつも門の中に猫のご飯出してる山下さんのおばあちゃんがいるでしょ？

さっきとんかつ屋さんの前で山下さんのおばあちゃんと会ったから、この二匹、親子なんですか？　って訊いてみたら、やっぱりそうなんですって。山下さんのおばあちゃん、ちゃんと知ってた」

「いつも門の中に猫のご飯出してる山下さん」の家というのがどこにあるのだか、一度か二度はよう子から聞かされてはいるのだろうがぼくは知らない。よう子の話はほとんど一週間単位で拡大して、話に登場するのも猫ばかりではなくて、近所のおばあちゃんやおじさんや小学生などとどんどん増えて複雑になるからぼくの頭の中では場所と猫と人間が混沌としている。

「斑の子ってねえ、よく見るとすごくかわいい顔立ちしてるのよ。鼻筋に一本白粉《おしろい》ひいたみたいな白い線が通っててね、顔が小さくて鼻がちょっととんがってツンって上向いてて、見ているとけっこう可憐な感じがしてくるの。斑の模様もねえ、あれはあれでなかなかおしゃれだと思う――」

よう子はぼくの頭の中が整理がつかなくなっているのにおかまいなく猫の話をしてくるが、ぼくのする「ふん、ふん」というのが空返事だということは案外承知してしゃべっているような気がするし、毎日話されると残るものは残っていくからぼくも位置関係はかなりあやふやながらこの近所の猫のことはそれなりに詳しくなっているみたいだったが、そのうちにアキラが流しの水道を止めて、

「終わったよッ」

と声をたてた。

「じゃあ、おれ会社に行ってくる」

「えっ？　もう行っちゃうの？　もうちょっと、お話ししてから行きなよ」

「もう充分話した」

「いいじゃん」

アキラはうしろで何か言っていたがぼくはそのまま靴をはいてドアを閉めた。


アパートから駅までは歩いて六、七分しかかからないがあまり車の通らないゆったりした裏道が格子縞のように通っていて、ぼくはその日の気分で適当に右左に折れて道を選ぶのだけれど、やっぱり茶トラのミイとミャアが二匹で何度か揃って出てきた桜の木のあるマンションの前を通る道を歩くことが多くて、植え込みの隅によう子が置いておくドライフードに食べた形跡があるのを見ると少しほっとしたような気分になる。

ぼくが最後にミイとミャアがいるのを見たのはたしか七月の終わりのことで、そのときもまだ二匹は成猫になりきっていない体格をしていた。ミイはたぶんオスでミャアよりも一回り大きくて茶トラの縞が顔にもからだにも全体に入っているが、ミャアの方は頭にもからだにも白い部分が多くてミイと比べると少しか弱そうに見えるのだけれど、ミイにしても茶トラの縞の模様の整っているところがたくましさやふてぶてしさではなくて弱さを感じさせる。

模様の入り具合や毛色でか弱そうだとかふてぶてしいだとか考えるのも勝手な思い込みだと思うが、感情というのはまずそういうところから動き出すものだろうからそれを否定するような理屈をつける気もないし、実際七月の終わりに見たときも二匹はぽつんぽつんと少しだけ離れてお互いを気づかうようにして坐っていた。という、それもこっちの勝手な解釈だが、二匹でぽつんぽつんとしている猫というのはそういう想像を起こさせて、見た姿を忘れられなくさせる。

ただ、それだからといってたまに見たあとでミイとミャアのことが必要以上に気にかかったりすることがないのは、一日に行きと帰りの二回しかこのあたりを通らないぼくだけではなくて、何度も歩くよう子にもミイとミャアがめったに姿を見せないからで、毎日のように見ていた猫が急に出てこなくなったら心配だろうが、ミイとミャアは不意にぼくやよう子の前に現われることになっているから、ぼくもよう子も心配するのではなくて次に見ることだけを期待して、いまではよう子ではない誰かに定期的にエサをもらっているのだろうとも考えている。

それでそのマンションを過ぎるといつまでたっても名前を覚えない私立の女子校の塀づたいを通る道になる。夏休みのあいだは静かで校庭からクラブ活動か何かの声が聞こえてくる程度だったがついこのあいだから二学期がはじまっていて、そこを歩く時間がちょうど休み時間とぶつかると何十の会話と何十の笑い声が重なり合うざわめきを聞くことになるが、たいていは授業中で校庭の笛と号令とピアノの音と合唱の声と授業をする教師の声が空間の中で不思議に整理されたような音を聞きながら歩いていく。

そこを過ぎて少し歩くと阿佐ケ谷と中村橋を結ぶ中杉通りという道に出て、すぐ先に西武池袋線の中村橋という駅がある。

ぼくのいまの生活のきっかけになったのは、仕事でこの中村橋の先まで行った帰りにたまたまここで降りて駅前の不動産屋に表示されていた部屋の家賃がそれまで住んでいたところより一間《ひとま》分ちかく安いのに驚いてその場で手付金を入れてしまったことで、一緒に住むのをあてこんでいた女の子には引っ越す前にふられたが、引っ越して早々にまだほんの子猫だった茶トラの猫がぼくの部屋を覗きに来て何度かその子猫を手なずけようとして失敗しているうちにアキラが来て、次にアキラがよう子を連れて来て、そのまた次に島田が来た。

八畳と六畳とダイニングという間取りが四人で住むのに充分な広さだとは思わないけれ

ど、アキラもよう子も島田もぼくも、それぞれに与えられた環境に同化してしまうのがうまいのか、それともお互い同士好き勝手なことしかしないと認めて、というか半ば諦めて、できることはできるしできないことはできないと自分たちで思っているのがいいと言えばいいのか、四人で住むようになってもアキラははじめてぼくの部屋に来たときと同じように騒々しくしゃべってせわしなく動き回り、よう子はよう子で自分ですぐに猫のエサを配って歩くのを日課にしてしまってそれをずっとつづけ、島田は前のアパートにいたときと変わらず部屋にいるあいだは暇さえあれば畳に仰向けに寝ころんでいる。あるいははじめてぼくの部屋に来たときと同じように、意識してアキラはアキラの、よう子はよう子の、島田は島田の毎日の態度をつづけていると言った方がいいのかもしれないが、それはぼくにはよくわからない。

そしてぼくはと言えばアキラたちが転がり込んでくる前と同じように朝は十時頃まで寝ていてそれから会社に行くのだけれど、土曜と日曜は八時前に起きて競馬場に行く。

その競馬は六月から八月まで福島、新潟のローカル開催になっていて、そのあいだは競馬場まで行けないからあまり熱の入らないまま後楽園の場外馬券なんかに通っていたが、九月になると中山競馬場にもどってきて、ぼくは五月までと同じように大学の先輩だった石上さんと競馬場に通いはじめた。

競馬場というのはコース一つをとっても一周二〇〇〇メートルあるくらいで、普通に出入りするどことも比べものにならないくらい広くて、敷地に一歩踏み込むと何かがガラッと変わって胸の中で小さなリズムが弾み出すような気がする。久しぶりの競馬場を歩きながらぼくは自然と頬がゆるんで本来の場所に帰ってきたような気がして、石上さんにそんなことを言ってみるのだが、石上さんは一度「ヘッ」と短く笑って、

「おまえはそうでも、競馬場はおまえのことなんか知らないって言ってるよ」

と素っ気ないことを言って返す。

この石上さんがぼくの競馬の先生のようなものなのだけれど、石上さんは一般に賭け事から連想されるようなドラマチックなものとはほど遠いところで一日馬券を買いつづける。

三十四にもなってまだ独身でいるというのはそういうものなのか、あるいはそれとはまったく関係のない石上さん自身が身につけてきた傾向なのか、たぶん石上さん個人の傾向がそうさせるのだろうが、一レースに賭ける金は決して少なくないのに石上さんは大勝ちすることも大負けすることもめったにない。いわゆる押さえの馬券というのばかりが来ることになっていて、三万買っても二万五千円か三万五千円ぐらいにしかならないし、三レ

ースつづけて一万負けると次に負けた分の三万円だけ取り返すというような具合で、一日十二レースの競馬をつづけても帰るときには来たときとだいたい同じ金を持って競馬場から出ていく。

　それがぼくの先生なのだからぼくの競馬もいつの頃からか似たものになっていて、だからぼくが競馬場に一歩踏み込んだときに感じた胸の中のリズムみたいなものも、いわゆるドラマやロマンを単純に期待しての昂揚感とは違う。

　ぼくたちは、朝十時の第一レースから午後四時すぎの十二レースまでだいたい三十分間隔でつづいていくレースごとに、パドックで馬を見て、パドックで馬を見た人間がぞろぞろとスタンドまで歩いていくのに混じってスタンドに行き、そこでコースに出てきた馬たちが脚馴らしするのを見て、それから数分間のあいだに競馬新聞の調教欄や成績欄や予想の印と自分の印とオッズの配当を見比べながら何をいくら買うかを決めて窓口で馬券を買って、もう一度スタンドにもどってレースを見る。

　一日十二レースのうちで三レース勝てばその日はとんとんなのだからスタンドでレースを見ていても毎回「差せ！　差せ！」なんて叫べるとは限らない。もっとも「差せ！」でも「そのまま！」でもゴール前二〇〇メートルの叩き合いを見て叫んで、それで馬券も取れればそれほど気持ちいいことはないから、やっぱり競馬場に来るのは叫んでおまけに馬券も取りたいというのに尽きるといえば確かにそれに尽きてしまうが、叫んだレースでも叫べなかったレースでも、すぐに次のレースのパドックに向かってぞろぞろとみんなで歩いていく、というそういう競馬場のプログラムにのっかってどこに移動するにも一〇〇メートルはありそうな競馬場の中を動く単調さとせわしなさの均衡のようなものに身を任せていることに、ある種独特の心地よさを感じるようにできているのだと思う。

　競馬会はロマンだドラマだと宣伝するけれど、一日十二レースの中で強い馬が出てくるのはせいぜい三レースで、午前中から二時ごろまでは、いままで一度も勝ったことのない馬のレースや一生のうちでせいぜい二度か三度しか勝つことのない馬のレースがつづいていくのだから、そんな馬たちにいちいちロマンやドラマを見ようとするような人間はそのレースに出る当の馬の馬主ぐらいしか考えられなくて、石上さんはぞろぞろと移動していく人ごみに混じって歩きながら、

「こういう馬のレースはさあ、水曜とか木曜とかさあ、俺たちの知らないところでひっそりとやってほしいよな」

　と、機嫌がいいときに出てくる憤慨しているような、それでいて全部がどうでもいいようなしゃべり方で言ってきた。

「それじゃあ、馬券が買えないじゃん」

「おうッ、だから俺は買えなくていいって、言ってんだよ。

こんな馬でも馬券を売るから、こっちは買っちゃうんだろ？

どうせこんなやつら一度勝ったらそれっきりなんだからさあ、あとで結果だけ教えてくれれば俺は文句は言わないね」

石上さんは弱い馬には少しも同情のないことを言う。そんなことを言うくせに石上さんは弱い馬のレースでも馴染みのない馬のレースでも目の前に出されれば買ってしまうと自分で言っているわけで、だいたいにおいて意見は一応持ちながらその場になると状況にひたすら流されるのが石上さんで、ぼくのまわりにはそういう人間が多い。

ただ石上さんの場合、ヨーロッパで生まれて発達した競馬が日本で全然別のものになってしまったというのだけはいつでも忘れていなくて、弱い馬に対して同情のないことばかり言うのも競馬は強い馬を作ってその血統を育てるのが本来のあり方だと考えているからで、そう思って聞いていると石上さんのしゃべることは意外にちゃんと一貫性を持っている。

その石上さんが八月に仕事ではじめてイギリスに行ってきた。行く前はエプソム競馬場で蹄鉄の土産を買ってきてやるなんて言っていたが、行った仕事が女子高のホームステイの撮影で、とんでもない田舎に行ってしまったものだからやっと見つけた田舎の競馬場も夏のあいだ使われていないで入口が閉鎖されていた。

それでも石上さんは「やっぱり俺にはイギリスが性に合っているね」なんて思い込みの強いことを言っていたが、それもこうして日本の競馬場にいると関係なくなっていて、弱い馬たちのパドックを見ながら、石上さんは、

「こんなわけのわからない馬のレースに十五頭も十六頭も出てきてさ、こっちはいたずらに射幸心を煽られて、よくないよ」

などと、大げさなことを言いながら二百倍なんて馬券を混ぜて買ったりしているが、もちろんそんな馬券がくるほど運が強くはない。

あるいは「運に勢いがない」とでも言えばいいのか、誰でもはじめるときはまぐれ当りで勢いがついてはじめるもので、そういうビギナーズ・ラックすらない人間はだいたい競馬に手を出さないことになっているが、そうやってついついはじめてしまった競馬を長くつづけていくためには自分の体質や傾向に合ったやり方が必要のはずで、石上さんもそしてぼくもあまり激しいことを考えずに競馬場という場のペースに適当にのっかって一日十二レースをつづけていく。

そうやって石上さんとぼくはのんべんだらりとした競馬を一日つづけて終わったらそのまま別れるかどこかに飲みに行くかなのだけれど、もう一人三谷さんという人がいて、三谷さんは石上さんと正反対の出入りの激しい競馬を繰り返している。

三谷さんというのはぼくの会社の別の部にいて、ぼくより六つだったか七つだったか年上だったと思うが年齢のことはよくわからない。仕事も全然関係ないのだから年齢をいちいち気にする必要もなくて、ぼくと三谷さんはとにかくいつの頃からかしょっちゅう会っては競馬の話ばかりをするようになった。

競馬のレースの結果がすべて競馬会によって仕組まれていてそれがポスターや新聞の広告や出馬表の馬名の配列の中に暗号となって隠されているという説はいつも誰かが真《まこと》しやかに言っていることだけれど、三谷さんという人は競馬に限らずすべて世界は神秘的な符号や陰謀に満ちていると信じているものだから、競馬会の作る暗号の解読にも異常な情熱を持ちつづけていて、毎週毎週土曜と日曜のレースに備えて毎晩二時間も三時間も最近のレースの結果を調べて新しい〝暗号解読法〟を考え出してくる。

三谷さんの暗号解読の基本は何といっても馬の名前の語呂合わせで、〈カンナ賞〉というレースにキクカロイヤルとタケノハナミとアローライラックという馬が出ているとキク、タケ、ライラックの植物がくさいと言い、ファイブニッポン、ミナガワイチザン、カタトラセブンという三頭が出ていると今度は数字がくさいと言ってファイブ、イチ、セブンの入った枠順とさらにその日が六白なのか七赤なのかということまでああだこうだと考えるのだけれど、それだけではない。馬も蹄鉄をはくための爪を定期的に切るらしいのだが××厩舎はこのあいだ馬の爪を切ったはずだからそろそろ勝負をかけてくるだとか、新聞に騎手の××が今週結婚するって書いてあったから今週は××が穴をあけると言ったかと思うと、今度は出馬表の成績欄に載っている最近の着順の一着、二着、三着を全部色分けして塗ってそれが二等辺三角形になるところが勝つという説を出してきたりする。

中山競馬が開幕になった次の月曜日も三谷さんから連絡がないわけがなくて、いつも会う喫茶店にぼくがさきに坐って待っていると、三谷さんは階段を一段一段まったく覇気のない足取りで降りてきて、ぼくがいることがわかっても笑いもしないで無愛想で張りのない声で、

「どう、元気?」

とだけ言って向かいに腰掛けた。

三谷さんというのは自分と世界しか頭になくて健康も不健康も眼中にないような人で、そういう人が必ず「どう、元気?」と言うのもおかしいが、三谷さんはぼくの返事に何か期待しているわけではない。だからこっちがどう答えても同じで、ぼくが「やっぱり中山

がはじまったからね」と言っても、三谷さんは「あ、そう」と素っ気ないことを言ってテーブルに置かれた水を一口飲んで、

「まずい水だな」

と言い、すぐ横に立っているウェイトレスにコーヒーを注文して、それから一度深く坐り直して視線をひと渡り宙に漂わせたが、急にこっちを見て、

「〈習志野特別〉どうした?」

と言い出した。

「〈習志野特別〉って、どれだっけ?」

「ほら、あれだよ。ホクテンサファイアが逃げきって、エビスジョウジがつっこんできて――」

「ア、あれか」

「え? 取ったのか?」

「外した」

「驚かすなよ。取ったのかと思うだろ?」

「おれ、取ったなんて言ってないよ」

「いやっ、変に余裕があった。

なんだ。何度飲んでもこの水まずいな」

「飲まなきゃいいじゃん」

「これしかないんだから、しょうがない。

俺、ホクテンサファイアから買ってたんだよ」

「え？」

「それにしても、エビスジョウジが二着にきて六十四倍もつくと思わなかった」

「よくついたよね」

「いやっ、それぐらいはつく。

俺、ホクテンサファイアからランニングフリー買ってたんだ。ランニングフリーはいつかやるぞ。

おまえ、ホクテンサファイアとランニングフリーでいくらついたか知ってる？

三百倍だぜ。興奮したよ。あんなに興奮したの久しぶりだった。

最初、ランニングフリーは千円ぐらいにしておくつもりだったの。

ランニングフリーは遊びで、エビスジョウジとアサクサカロリーとメジロゴードンの三点中心に流すつもりだったんだけど、買うときになって急に気が変わった。『これはクサイ』って——。

〈習志野特別〉で人気になってるのが、エビスとアサクサとメジロだろ？　レース名が地名で、人気になってるのも地名ばっかり。『これはサインだ』って。だから地名の三頭をどうするか決める前にまず、ランニングフリーだけ五千円買うことにしたの。

三百倍だから五千円で百五十万になる。

——で、いざ買ってみると、絶対くるっていう気になるんだよ。『これしかない』って。なるだろ？　なるよなあ。なるんだよ。絶対くるって思ってるのが、たった百五十万じゃあつまらないじゃないか。何の記念にもならない。生活の足しにはなってもそれ以上のものにならない——って思うだろ？

だからいっそのこと一年働かなくていいように、もう三万買うことにした。

そうすれば一千万だろ？

これこそ金字塔だよ。競馬一発当てて一年遊んで暮らす。人生七十年の七十分の一がたった二分間の競馬で自由になる。

興奮したねえ」

三谷さんは外した馬券の話をしているうちに一人で勝手にテンションが高まって背筋がピンと伸びて上半身が上へ上へと何かに引っぱり上げられていきはじめ、つまりは取ったときのように興奮していた。

　もし三谷さんが言うように競馬会に何らかのたくらみがあって、馬券を取ったやつを見て舌打ちし、外して落ちこんでいる人間を見てほくそ笑むのだとしたら、きっと競馬会は三谷さんを見てショックを受けるだろうなんて余計なことをぼくは考えてしまったが、それはいいとして三谷さんは自分の考え出した仮説に酔い、自分の買った馬券の配当の大きさに酔う。そしてつねに次の週のレースが荒れることを信じていて、

「おい、開幕だっていうのに先週は万馬券出さなかっただろ」

　と言った。

「来週こそ出すぞ。

土、日で万馬券が二回に、五、六十倍が四回——、いやっ、五回だ。

いいねえ。いまからゾクゾクしてくるねえ。

万馬券取るぞ！

万馬券取りまくるぞ！」

三谷さんが半ばそう叫んだとき、

「失礼します」

と、ウエイトレスがテーブルのグラスを取って水をついだ。

「うん、やっぱりまずい」

さっきから何度もまずいと言ってるんだから飲まなければいいのに、つがれたその場で水をまた飲んで、もう一度「万馬券しかない！」と言った。

「万馬券取りまくるぞ！」と半ば叫んだのも、水がまずいと言ったのも、そしてもう一度力をこめて「万馬券しかない！」と言ったのも、全部ウエイトレスに聞こえている。それでつい弁解がましくぼくはちらっとウエイトレスを見てしまったのだけれど、その子はただ目を細めて唇の端を小さく動かして笑って見せた。

それが色っぽいというよりも少し卑猥な感じだった。その子は派手な顔立ちに派手な髪型をしていて、しかもそんな風に笑って見せるのに同時にどこか落ち着いていて、その場の雰囲気を楽しみながら適当に小馬鹿にして受け流すとでも言えばいいのか、とにかくぼくはこの感じに弱くて好きになるかもしれないと思い、それからは三谷さんのことよりもその子の動きばかりを追っていた。

2

それで会社からもどるとダイニングには誰もいなくて、アキラと島田が寝る八畳に島田が一人で寝ころんでいた。時間から考えてみてたぶんアキラとよう子は猫にエサをあげに出ているのだろうと思ったが、それでも島田に「二人は？」と訊いてみると、島田は仰向けに寝た姿勢のまま首を少しだけ上げて足のさきにいるぼくを見て、

「や、よう子ちゃんは猫。アキラは横浜球場」

と答えてきた。

「あいつ、本当に行ったのか」

「や、そうだって」

何日か前にアキラが横浜球場でやるプリンスのコンサートの会場の脇でテレホンカードとTシャツを売るんだと言っていたことがあった。五百円のテレホンカードにプリンスの

写真を印刷して千八百円で売っているやつがいて、それを手伝ってくれと言われたというような話だったが、確かにそういうことをしているやつもいると思い、アキラのまわりには本当にろくでもない仕事ばかり見つけてくるやつらしかいないと思ったけれど、ぼくはどうせだったらテレホンカードそっくりの材質のカードにプリンスの顔でも刷って売りつけちまえばいいじゃないか、そんなテレホンカードをすぐに使うやつなんかいないに決まってるんだからそっちの方が儲かるぞと話のついでにからかってみたのだが、アキラはうれしそうに笑ってそれはブルース・スプリングスティーンのときにやって警察につかまってるからもうやらないんだってと言い、本気でそんなことするバカは誰だ、警察ならまだいいけどヤクザがシマを荒すなと言ってきたらどうするんだと言ったら、アキラは、

「だって、ガトが一緒だもん」

と言ってまた笑った。

「ガト？　あいつかァ」

ガトというのはぼくも何度か会ったことがあるが、からだが大きくて頭をモヒカン刈りにして目つきがすわっていて薬物中毒のように見える。こっちが何か話しかけても、太く響く声で語尾を強く引っぱる調子で、

「あぁッ？」

としか言わなくて、馴れないうちは「ああッ?」と言われるたびに身構えそうになるのだが、アキラに言わせるともともと鈍いうえにバンドのやりすぎでひどい難聴になっていて、早い話が相手の言うのが何もわかっていないから「ああッ?」という返事しか出てこない。

「ガトってさあ、ヤクザに何か言われても『ああッ?』ってしか言わないじゃん。ヤクザって、そんなやつと会ったことないでしょ?　だから嫌がっちゃって、それ以上何も言わなくなっちゃうんだよ。

他のやつが言ってたんだけどね、ヤクザってパンクに弱いんだって。

ヤクザは普通の人には強いんだけど、パンクは苦手なんだって」

アキラは「ゲヘヘ」というような声で笑っていたが、その話は本当のようにも思えるしまったくの作り話とも思える。ガトは日本人には珍しくいかにも性格破綻者のような外見をしていて、ヤクザも全然理屈が通じないような人間は敬遠するだろうというようなことをそのときは考えたけれど、それよりもぼくはアキラはつべこべ言いながら結局それには行かないだろうと思っていた。

アキラというのは相手が迷惑そうな顔をすると調子にのって何でもやるが相手が何かを期待すると気を持たせておいて結局それをやらないようにできているからぼくはそう思っ

たのだが予想が外れて、島田に「おれ、行かないって言うんだと思ってた」と言うと、「や、昨日ガトから、どうしても来てくれって電話がかかってきて、あいつ、うれしそうな顔してたんだ。

あいつ、『おまえしかいない』って言われると喜ぶじゃない」

と島田が言って、ぼくはそれもそうだと思った。

それで島田の横にあったビールの残りをグラスについで飲みはじめたのだけれど、まだこっちがポロシャツ一枚でいるのに島田は部屋に帰っても外に出ていたときのジャケットを着たままで脱ごうともしないし、首が細いから気にならないのかワイシャツの一番上のボタンまでちゃんとかけている。髪の毛を見てもべつにベタついている感じもしないがたぶん島田は昨日もその前もシャワーに入っていなくて、島田はとうとう夏のあいだも三日か四日に一度のシャワーというペースでやりすごしてしまった。実際これほど部屋の中で寝ころんでいる人間もいないだろうが、島田は痩せていて汗をほとんどかかないのと同じくらいに存在感というか「おれはここにいる」という主張がないから少しも邪魔な感じがなくて、こっちはひと夏つうじて島田の仰向けに寝ている姿を見つづけても飽きないできてしまい、いまではそれがこの部屋の風景の一部のように思いはじめている。

そうやって寝ころんでいる島田の横に坐って何かを話してもだいたいはとりとめのない

話で、島田が仰向けに寝たまま少しだけ首をあげて口の端につけたグラスからビールをそろそろと流し込むようにして飲むのが記憶に残るぐらいなのだけれど、しばらくして外を見るとすっかり暗くなっていて、まだよう子が帰ってこないからぼくはよう子を迎えによう子の歩く道順を逆にたどっていくことにした。

よう子は裏道にある駐車場の隅で立て膝になっていて、ぼくが近づいていくと振り返って微笑んで、

「踵《かかと》を引きずって歩いてくるから、誰かすぐにわかっちゃう」

と言った。

「そう？　そんなにわかるもんか」

「うん。

他の人の足音みたいにスッスッとかスタッスタッじゃないんだもん」

「だって、アキラだって踵を引きずって歩くだろ？」

「アキラ君は足音より先にギャアギャア声がするもん」

よう子の前には猫が三匹いて、一匹は黒とこげ茶の縞なのだがあとの二匹は両方とも頭

と背中とシッポが黒で他のところが白の黒白の柄をしていてほとんど見分けがつかない。その三匹が二枚の皿に盛ったエサを一枚は黒白だけ、もう一枚は黒とこげ茶の縞ともう一匹の黒白という組み合わせで食べていて、ぼくが近づいたときには三匹が揃って顔を上げたけれど三匹ともすぐにつづきを食べ出していて、よう子は縞模様と二匹で食べている方の黒白の柄の猫に、

「もっとゆっくり食べなよ」

と言って背中を軽く撫でた。撫でられると黒白は気持ちよさでからだの中の何かがねじれるようにして尻を高く突き上げて見せて、いったんはその動きで食べるのを中断したがよう子が手を離すとすぐにつづきをせわしなく食べはじめた。

よう子は少しのあいだそれを見ていて、それからぼくに向かって顔を上げて「ねえ、おもしろいこと発見したの」と言って、

「猫ってねえ、ここのところを軽く押すとシッポが立つの」

と、いまの黒白の猫のシッポの付け根の少し手前に指をあてて「ほらね」とシッポを立てて見せて、

「離すと下がる」

と言って、もとどおりに下げて見せた。

そんなことをしていると、二匹で食べていた方の皿が空になって、黒とこげ茶の縞の猫が何も言わずに真ん丸の目で真っ直ぐによう子を見てきてよう子は「あ、そう。もっとなのね」と言ってドライフードを皿に足していたが、黒白の方はいったん皿が空になると皿から離れてごろんと仰向けになっておなかをよう子に見せてしばらくよう子におなかを撫でられていたが、急に起きあがってピチャピチャピチャピチャとこれもよう子の出しておいた水をずいぶん時間をかけて飲みはじめた。

もう一枚の皿で一匹だけで食べていた方の黒白は、食べ終わると地面に尻をつけて坐って口のまわりを前足で何度も拭いていたが、猫の前足は足というよりもやっぱり手と言った方がよさそうで、拳固を握っているような手が器用によく動く。それから一度大きな伸びをしてその黒白は駐車場の奥に行ってしまい、車の下でうずくまっているのだとは思うがとにかくもう見えなくなって、最後まで食べていた黒とこげ茶の縞の猫も食べ終わるとかなり時間をかけて水を飲んで細い道の向こうにある家の垣根をくぐって消えてしまった。

そうやって二匹はすんなりと離れてしまったが、よう子におなかを撫でられたりシッポを立てられたりした黒白の猫は駐車場の隅に生えている木まで行って何回か爪をといでからまたもどってよう子の脚にからだをこすりつけていて、よう子は、

「アタシ、この子のこと、ハナクロって呼んでるの」

と言った。

ハナクロは両耳と目のまわりが黒で額のあたりから口にかけては白なのだが、顔の白い部分の中でまた鼻だけ汚れでもついているように黒くなっている。だから「ハナクロ」で、ぼくにそんなことを言ってから、よう子が、

「ね、ハナクロちゃん」

と言うと、ハナクロは「アー」というような声でよう子の言葉に返事をするようなタイミングで鳴いた。

「人なつっこいな」

「人なつっこいんだもんね。

おまえは誰かに飼われてたのかもしれないのよね。ホントはいまも飼われてるのかもしれないんだもんね」

よう子はハナクロにそう話しかけて、それからまたぼくに、

「猫って、人なつっこいのとそうじゃないのと、すごくはっきり分かれるのね」

と言った。

「人なつっこいのって、やっぱり生まれつきの性格もあるのかなあ——。

でもねえ、ハナクロは抱かれるのは嫌いなの。抱こうとすると、ヤダって逃げちゃうの

――」

しばらくハナクロはよう子に愛嬌をふりまいて、ついでにぼくにも少し愛嬌をふりまいて、そういう態度を見ていると鼻の汚れのような黒いところも愛嬌のしるしのように見えてくるからおもしろいものだけれど、そのうちに「アーン」というカン高くて明るい声でもう一度鳴いて、一瞬身構えたと思ったら隣りの家のブロック塀に跳び上がった。

「身軽なもんだな」

「猫だもん」

「いままであんなにクタクタしてたのに、ヒョイだもんな」

「ブロックの上はまたクタクタ歩くのよ」

ハナクロはよう子の言うとおり塀の上をクタクタとじつに弛緩した動きで歩いていた。人間だってぼんやり歩いていてひょいと水溜りを跳ぶぐらいのことはするが、猫の動作には助走もなしに走り幅跳びと同じ長さを跳んでしまうくらいの弛緩と機敏さの連続があって、つまりは猫の動きを人間の動きには喩えられない。だからわざわざ人間の動きなんかと比較しないでよう子のように「猫だもん」と言ってしまうのが猫を猫として認識する近道のような気がするが、ぼくはよう子ほど猫を見ているわけではないし、猫を見てそれを感じることに不馴れなものだからついいちいち言葉にしてしまって手間がかかる。

それでそこが終わるとあとは茶トラのミイとミャアのいた桜の木のところでミイとミャアのためのエサを置いて帰るのだけれど、歩きながらよう子が、

「山下さんが自分の家の玄関の前で、猫にご飯あげてるでしょ？」

と言った。

「山下さんね、――」

全然知らない人をさんづけで呼ぶのも変な気がするが、「山下さん」という名前はぼくも覚えてしまっているからそう言った。

「あそこの猫って、飼い猫じゃなくて通い猫っていうか、半ノラらしいのね。耳とシッポだけ茶であと全部白っていうのと、鯖トラって言うの？　黒とうす茶の縞――。その二匹なのね。

どっちもアタシのところには食べに来ないでしょ？

だからやっぱり、ミイとミャアもどこかの家で毎日ご飯もらってるんじゃないかって、アタシ思うんだけど――。

まだはっきりわからないの」

だからよう子は毎日二回ずつミイとミャアのためのエサを置きつづけているのだけれど、それをミイとミャアが食べているという確証もない。

「どこかでご飯もらってるって、はっきりしたら？」

「はっきりしたら？　うれしいよ」

よう子はやわらかく語尾を上げて言った。

「――でもそうすると、ここに置いてるご飯をほとんど毎回食べてる猫が、まだ他にもいるっていうことでしょ？　アタシの前に出てこれない、警戒心の強い子が。だからやっぱり、ここはずっと出さなくちゃ、ね」

そうしてぼくとよう子はミイとミャアを二人で見つけた桜の下に立ったが、エサを置くとよう子は急に少しのあいだ黙って、頭の上で枝を広げている桜の木のどこかをじっと見つめながら、

「虫って、あんなに高い枝でも鳴いてるのね」

と言った。

「鈴虫か」

「――そうかなあ。鈴虫なのかなあ」

よう子にそう言われると途端に自信がなくなってしまうが、名前はどうでも高く澄んだ虫の鳴き声は足許からばかりでなく頭の上からも確かに聞こえていた。

ぼくはそれまで地面で鳴く虫の音があまりに多いものだから高いところまで響いている

のだと漠然と思っていて、よう子が高い枝を指してもやっぱりそれよりもっと高いところから聞こえてくるように感じるのだけれど、実際のことはともかくぼくはこの空間全体を満たすような虫の音を聞く頃になると夏が終わったのだと思って憂鬱になる。この憂鬱さはもう条件反射のようなものというか、ぼくの中でいくつの頃からかはっきりとできあがってしまった感覚なのだが、ぼくの横ではよう子が同じ姿勢で高い枝を見上げて虫の鳴き声に聞き入っていて、ぼくもよう子と一緒にしばらくそこに立っていた。

もどると島田はさっきと同じ格好のままうたた寝をしていたらしかったが、よう子とぼくがダイニングでキャットフードを片づけたりしている音でからだを起こして、

「や、おかえり」

と言って立ち上がった。

まったく島田というのはよく眠るやつだけれど、しゃべり方は目が覚めてすぐでもいつもと同じ舌の長すぎるか短かすぎるかの早口で、脇にあったグラスを二つ左手に持って流しに置くと、

「じゃ、おれ、そうめんゆでるよ」

と言って夕食の仕度をはじめた。

まだコンピューター会社に勤める前、アパートの中で島田は一日中寝ていたが、金もないしカレーとかシチューといった手のかからない料理だけは自分で作っていたことがあるから、そういう手のかからない料理のときには最近はよう子のかわりに島田が仕度をするようになっていた。

はじめぼくにはそれが意外というか少し驚きだったけれど、島田は全然手際よく見えないわりにはよう子に言わせると失敗もしないし無駄もないらしい手順でこなしていき、もちろん料理の仕度をするときにはジャケットも脱いでいる。それがまた普段と違ってする、りという感じで脱ぐのがおもしろいのだけれど、そんなことを言うぼくは料理には手を出さない。

料理ができないから手を出さないという簡単な話で、この部屋に引っ越してくるまでは洗濯機も置かずに全部コインランドリーですませていたくらいで、生活のニオイのするものはほとんど一つも置いていなかった。二年ごとの部屋の契約更新まで一度も同じところに住みつづけたことがなくて、本とレコード以外の荷物は引っ越しのときに邪魔になるから一つでも余分に持ちたくないと思ってそうしていて、それまでと比べると今ではずいぶん違う部屋に住んでいると思うが、料理の道具でも洗濯機でも掃除機でも結局そういうものがあるようになったからといって何かが特別変わるものではない。

そうして島田とよう子がダイニングで動いているあいだ、ぼくは何か適当に話しかけたりしながらダイニング・テーブルの端で「競馬ブック」という週刊誌を読んでいるのだけれど、島田が唐突に、

「や、そう、おれ今日『聖書読みますか』って訊かれた」

と言い出した。

「や、おれよく宗教の勧誘されるんだ」

「眠そうな顔して歩いてるからだろ?」

「や、そうか。おれ、悩んでいるような顔してるのかと思った」

「でも、そう見えちゃうかもよ」

「違うよ。眠そうな顔も悩んでる顔もあいつらには同じに見えるんだよ」

「や、それでね、おれ、『読む』って言ったんだ。そしたらそいつ、驚いてんの。

『エエッ?』だって――」

「そういう返事は勧誘のマニュアルに書いてないんだよ」

「や、それでおれが『地上で最初の人間は誰だ』って言ったら、そいつ困ってんの。

小さい声で『アダム……? 違う、かな……?』とか言ってるから、おれは『ちゃんと

読め』って言って追っ払ってやった」

「だって、アダムでしょ？」

「や、じつはちょっと違うんだ」

島田が言うには、アダムとイブのあいだにカインとアベルという兄弟が生まれて、二人はまじめに働いていたのだが神が弟のアベルを贔屓《ひいき》したものだから兄のカインが嫉妬してアベルを殺した。その罰でカインはエデンから追放されてエデンの東のノドという土地に住むことになるのだが、そこで結婚して子どもを作ったとされている。

「ね、おかしいでしょ？　そのときはまだアダムとイブとカインとアベルの四人しか存在しないはずでしょ？　カインの結婚相手がいたっていうことは、エデンの園の外に人間がいたっていうことになるじゃない」

だからエデンの外に別の人間の集団がいなかったらおかしい。「や、〈エデンの東側〉っていうんだから、アジアのことかもしれない」などと一度話がそれて、

「や、だから地上で最初の人間のことは、本当は聖書には書かれていないっていうのが、正解なんだ」

と島田は言って、ぼくも聖書を見てみようと思って本棚のところまで行ったら、

「や、おれがその聖書借りてる」

と、流しのところから言ってきた。

「島田さん、聖書おもしろい？」

というよう子の質問もおかしいが、島田は「や、どうかな。好《す》き好《ず》きだな」と変な答え方をしていて、ぼくがなんで聖書なんか読むんだと言うと、島田もぼくにじゃあなんで聖書なんか持ってるんだと言って返し、それから、

「や、でもね、ノアの箱舟の洪水があるじゃない」

と、話をつづけてきた。

「や、当然、洪水も神が人間を懲らしめるために起こしたんだけどさ。洪水でね、ノアが箱舟に運びこんだ自分の家族と動物以外、全部死ぬんだ。エデンの東側に別の人間の集団がいたとしても、洪水で滅んじゃったよね。

や、だからね、洪水のあとの世界は、ちゃんと神のつくった生き物だけの世界に整理統合されたことになるんだ。ちゃんとつじつまが合うようになっている。

征服王朝みたいなもんかな。

しかし、強引なつじつま合わせだよね」

島田はそんなことを言って、よう子が黙ったままテーブルに置いて広げていた聖書のページをめくった。

そういうとき島田はそれまで水でさらしていたそうめんをいじっていた手を拭かずに聖書をさわるのだが、よう子もちょっと笑ってぼくを見るだけで何も言わない。そういうことをいちいち気にしていたらアキラや島田と同じ部屋では生活していけない。

島田はページを探しあてて、

「や、ほら、ここ。

洪水のあとのことなんだけど、ここ読んでみ」

と言って、よう子は「これ、神の台詞？」と確認して声に出して読んだ。

「『わたしはもはや二度と人のゆえに地を呪わない。人が心に思い図ることは、幼い時から悪いからである』——」

「ね、すごいこと言うよね。

極端だよね。

神っていうのは、やることも言うことも極端なんだ。

つき合いにくいよ」

と言うのを聞いてよう子は笑ったが、ぼくも笑った。ぼくが笑ったのは島田のそういう人物の評し方がヤクザの社長のことを「や、あの人はウソくさいことばっかり言うから」と言って平然としているのと同じだと思ったからで、信仰とか畏れというような感情と根

本的に無縁なのは島田みたいな人間だと思ったが、よう子は、

「でも、やっぱりひどい言い方ね――」

と、そこをずっと見ていた。

「ねえ？　だって、聖書ってみんな子どもの頃から何度も暗記するくらい読むんでしょ？　こんな言い方って、お母さんが幼稚園とか小学校の子どもに向かって、『あんたはバカでろくなことが考えられないのよ』って、何度も何度も教え込んじゃうのと同じことでしょ？

そんなの幼児教育に悪いわよねえ」

よう子はよう子で全然違うことを感じてそこにこだわっていたのだけれど、夕食を食べはじめたときには島田の読みかじりの聖書講義も終わっていて、ぼくが「アキラがいないと静かでいい」と言うと島田は「や、アキラ一人働かせておれたちが家《うち》にいるのは気分がいい」なんて言っていた。

そのアキラが帰ってきたのは十二時すぎで、アキラは時間も考えずにドアを思いっきり開けて、

「もどったよォ」

　と、第一声をあげた。

　ぼくがうるさい何時だと思ってんだ、アパート追い出されたらどうするんだと言ってい
るのに関係なく、バタンとドアを閉めて、

「わっ、みんな寝ないでボクのこと待っててくれたんだ。

いいよ、うん、無理しなくて。ホントはボクがいなくて淋しかったんでしょ。

やっぱりいいねえ、働いて金稼いで帰ってきたときに待っていてくれる人がいるってい
うのは。疲れがいっぺんにとれるぜ」

　と、アキラは靴をわざとゆっくり脱ぎながらしゃべりつづけて、「ズンズンズンズンズン、
ズンッ」と口で足音をたてて真っ直ぐよう子の前にきて、

「ハイッ、お土産」

　と、袋を差し出した。

　セブンイレブンのビニール袋の中にキャットフードの缶詰とドライフードがいっぱいに
入っていて、よう子の顔がパッと明るくなったのを見て、

「やっぱり、最初の金はよう子ちゃんの――」

　と言ったときにはアキラの耳たぶが赤くなっていて、すぐにこっちに顔を向けて「二人

にも買ってきてあげた」と、缶ビールの入った袋を突き出した。

「やっぱり、自分の金でみんなに買ってあげるのは気持ちいいねえ。もらってきちゃうのは簡単だけど、金出して買うのは格別だねえ」

と言っているときにはもう耳たぶから赤みがひいていたが、「格別」という言葉をこういうときに使うのをはじめて聞いた。腹がへったら食い逃げ、歩くのが嫌になったらタクシー乗り逃げがあたり前なのがアキラで、そんなことしてるとしまいに捕まるぞとまわりがいくら言ってもアキラは少しも聞かないが、金さえあればこうやってアキラは金を払って買ってきて、

「やっぱり、よう子ちゃんの猫のものは自分の金で買わなくちゃね。外にいる猫のためにくすねてるんじゃ、おかしいもんね。

でもさあ、五千円札なんてオレあんまり使ったことないじゃん。だから緊張しちゃってさあ、セブンイレブンの人がオレの金じゃなくて拾った金じゃないかって、チェックしてるような気がしちゃってさあ。

『お客さん、このお金どうしたんですか』って言ってきたら、オレ絶対うまく答えられないじゃん。オレ、ちょっとドキドキしちゃってさあ、ちゃんと顔見れなくなっちゃってさあ、早く終われ早く終われって、あんなこと思うくらいだったらもらってきちゃった方が

早くて緊張しないでいいよね。ちょっと後悔しちゃったよ」

などとべらべらしゃべっていたが、しゃべるだけでは気がすまなくてからだをこっちにべったりくっつけてくるとアキラは熱を放射しているみたいに熱くて、

「わかったから離れろよ」

と、ぼくは手でアキラを押しもどした。

「まァた、そういう冷たいことをするゥ」

「だから冷たいんじゃなくて暑いんだよ」

「いいじゃん」

「だからそう言っておれにくっつくな」

「アキラ君、一日働いただけで得意」

よう子がそう言ってもアキラは「うんっ」と返事してペースをかえずに、

「やっぱりいいねえ。金もらって帰ってきたときにしゃべれる相手がいるって。いいねえ」

と言いながら今度は島田にくっついて、

「や、おまえホントに熱い」

と、島田にも押し返されて、「いいじゃん」と言って缶ビールのプルリングを引き開け

て、

「飲む?」

と、こっちに突き出したから一口飲んだがぬるくなっていて、

「ぬるいよ」

と、ぼくはアキラに返した。

「せっかくのアキラ君のビールなのに冷たいんだよな」とアキラは言って、それをわざわざ咽を鳴らして飲んでいたが、ビールを飲んでいるあいだだけこの場が静かになって、それがぬるくなったビールだと知っていると、こういうときアキラには急に淋しさが漂う。

島田もよう子もきっと似たようなことを感じていたはずだが、だまされてはいけないのは淋しさが漂うと感じるのはそれがアキラだからでもぬるくなったビールを自分で飲むからでもなく、ずうっとしゃべっていた人間が急に黙るとそう見えるというだけのことで、つまりこれは淋しさでも何でもなくてただの沈黙、あるいは〝間《ま》〟なのだ。

だから次に誰がしゃべってもかまわないが、次にしゃべるのはやっぱりアキラで、アキラは、

「やっぱりぬるいからあげる」

と言ってビールをこっちに差し出した。

「いらないよ」

「あげるよ」

アキラはぼくの膝のすぐ前に缶を置いて、

「ねえ、三人で何お話ししてたの？」

と、三人をぐるりと見回して訊いてきたから、ぼくは三人でアキラの噂をしてアキラのことをほめていたんだと言ってやった。

「ウッソ、でーッ」

「ホントだよ」

「ウソだね」

「や、ホント」

「エッ？　ホントに？」

アキラは一瞬耳たぶがまた赤くなったが、よう子が「ウソ」と笑って、それから「聖書の話」と言った。

「なんだ、そんな話か――」アキラはほっとしたのかがっかりしたのか、いったんそう言ってそれから「ねえ、聖書ってキリスト教の本でしょ。なんでそんな話するの」と言っていたけれど、よう子が「ねえ？」と語尾をちょっとあげる言い方で、

「アキラ君、ご飯食べたの？」

と訊いた。

「あ、横浜球場のそばの牛丼、ガトと食べた。でもまたハラへっちゃったからセブンイレブンでコロッケ買ってきた」

「お昼に炊いたご飯まだちょっと残ってるよ」

そう言われて、アキラはダイニング・テーブルでご飯をたべはじめた。

島田はアキラがいなくなるとまた畳に寝そべり、ぼくはシャワーを浴びに風呂場に入り、よう子はアキラの横に坐ってさっきの島田の聖書の話か何かをアキラに話していた。と、こう言ってみるとよう子とアキラは仲のいい恋人同士が坐っているみたいに聞こえるかもしれないが、実際に見たらそんなことはなくて、こうしてアキラにご飯をあげるのも外にいる猫たちにエサをあげるのもよう子にとって同じことのように見えてくる。このあいだの朝にアキラに言ったみたいにやっぱり好き、、は好きで全部同じものではないかと思い、それならそれでいいじゃないかと思った。

次の日ぼくはいつも三谷さんと会う喫茶店に一人で行った。

三谷さんが「万馬券取りまくるぞ！」と半ば叫んだときにテーブルのグラスに水をついで、ぼくと目が合って少し卑猥で同時に落ち着いた感じの笑いを浮かべた女の子に会いたくなってつい行ってしまったのだけれど、飲み屋ならまだしも喫茶店の客とウエイトレスの関係では「ご注文は？」「コーヒーください」ぐらいのやりとりしか考えられなくて、実際それだけ言うとあとは何も言葉がなくてぼくはテーブルに「競馬ブック」をいちおう開いて置いてはいたが、その女の子が視界にいるあいだはその子の動きばかりを追っていた。

アキラとよう子がぼくの部屋に転がり込んできたのがぼくが三十になった少しあとのことで、あれ以来島田も含めて四人でゆうべのようにしゃべったりアキラを邪魔にしたりしているうちに簡単に一晩が過ぎていくようになっていた。

一人でいれば誰か好きな女の子と電話で話をしたり会って酒を飲んだりしたいと感じることもあるだろうが、あんな調子だとそういうことも思わなくなっていて、誰か好きな子ができたらその分新しく労力を使わなければならなくなるから面倒だぐらいに考えはじめていたのだけれど、やっぱり好きなタイプというのはあるものでそういう気持ちに引っ張られて用もないのに好きな女の子を見に来ていると思うと、自分のこの気持ちが少しうれしくなる。

顔立ちも派手で髪型も化粧も派手というのが好きで、地味な化粧なんて論外だと思う。地味にしていておまえを受け入れるほど世界は甘くないんだと暴言を吐いてやりたくなるくらいなのだが、もちろん誰でも派手な格好をすればいいというものではなくて派手な外見をするにはそれに見合った気合いのようなものが求められると思っていて、ぼくはそういう女の子を好きになる。それと落ち着いて場の雰囲気を受け流すというのは少しも矛盾しなくて、ぼくの知っている範囲では地味な子より派手な子の方が大人だと思うのだが、地味にしている女の子とはあまり親しく口をきいたことがないので本当のところはよくわからない。

それでとにかくぼくはその女の子を好きになったのだけれど、年がら年中誰かを好きになってつき合ったりつき合うところまでいかなかったり、少しつき合ってふられたりもう少し長くつき合ったりしていた頃には、そういうことがいっこうにうまくはならなくても誰かを好きになった自分の気持ちというのにだけは馴れていたが、どうもそれも久しぶりで、もしこれからいくらかこの子と話をすることがあっても言葉がすらすら出てこないんじゃないかと先の心配までしてただ見ているだけで、そうしていると三谷さんが入ってきた。

三谷さんはぼくがいるのを見つけると、それまでだらんとさせていた手を少しだけ上げ

て、

「ここにいたのか」

と言った。

「おまえんところ行ってみたらいなかったから、時間つぶそうと思ったんだ」というようなことを言ってきて、ぼくは二人いるウエイトレスのうちでその女の子の方がこっちに来るのを期待し、その子が来たから三谷さんの注文を取っているあいだその子の顔を見て、いなくなってから小さい声で、

「おれ、あの子好きになっちゃったから、見に来てんの」

と言ったのだが、それを聞くと三谷さんはすぐに一度振り返ってまたこっちを向き、

「ケバいだけじゃないか」

と言った。

「ケバいからいいんだよ」

「変わった趣味したやつだなあ」

「いいじゃん」

「そう言って自分の好みを安易に正当化しちゃいけない。好みなんてものは本人が思っているほど固定したものじゃないんだから」

ぼくは笑いながらもう一度「いいじゃん」と答えたが、三谷さんのような言われ方をされると少し気持ちがぐらつく。実際ぼくの好みは三谷さんの思うほど固定していなくて、ついさっき〈派手〉について考えたことも急にあやふやになってくる気がしたのだけれど、まだ顔に出すほどのぐらつきではなくてぼくはただ笑っただけだったが、

「で?」

と、三谷さんはおもしろがる顔でも冷かすような顔でもなく、ただつづきを要求する調子で「で?」と訊いてきた。

「『で?』って、何が?」

「だからいつ誘うんだ——って」

「ぼくはこうして見ているだけでいい」

「ダメだなあ」

「いいじゃない、こういう楽しみがあったって——」

「あ、ダメ。

いま、何月だと思ってんの。もう中山がはじまってんだぜ」

「関係ないじゃん」

「あるじゃないか。

好きな女がいて気になって競馬に集中できなくなったらどうするの。競馬にはものすごい体力と知力と集中力が要求されるんだよ。データと、記憶力と、推理と、大胆な仮説。しかもそれプラス、タイミング。

俺なんかすごいよ。俺なんか仮説たてたら絶対すぐ買っちゃう。仮説が真実かどうか一回見送るなんて弱気なこと絶対しない。

あのとき買っておけばよかったなんて後悔するくらいだったら、思いついたレースで買う。買ってすっても買う。買わなきゃ当たらないんだから、絶対買う」

三谷さんの言うことはここでも論理の捻じれ、転倒、すり替わりがあるが、仮説への執着と当たるか当たらないかより「まず買う」という態度ははっきりしている。だからといって話がここでこのまま競馬に流れてしまったら、こっちはおもしろくないが、三谷さんは一息ついて一回水を飲んで「まずい水だな」と言ってから、

「おい、マタタビ酒っていう手があるぞ」

と、からだをのり出してきた。

「何、それ」

「だから『猫にマタタビ』のマタタビだよ。マタタビ酒で女を口説く。あれ、アーモンドぐらいの実がなるの。それを梅酒と同じやり方で焼酎につけて、飲む――」

「飲ませるんでしょ?」

「いやっ、こっちが飲む。

そうすると酒のまわった頃に出てくる汗のニオイがよくて、横にいる女がゴロニャンってすり寄ってくる――」

まったく三谷さんという人は何ごともまともなやり方を考えない人で、すぐにこういう「これさえあれば万事解決」というようなものを持ち出してくるけれど、マタタビ酒でどうにかなるんだったら話が早いから、

「じゃあ、飲む」

とぼくは言った。

「だからちょうだい」

「いやっ、俺は持ってないんだ。

そういうことを言ってるやつがいた――っていう話」

「なんだ」

そんなことを言っていたらその女の子が三谷さんの頼んだコーヒーを持ってきて、カップとソーサーをテーブルに置いたときに三谷さんが首を少しひねってその子を見上げて、

「キミ、名前何ていうの?」

と、いきなり訊いた。

「はい？」

彼女はあとの言葉が出ないでいたが、三谷さんは「ええ、名前」と、自分はあたり前のことを言ってるんだというような顔と言葉の調子で言っていて、まだ彼女が何も返事をしないうちに「こいつがキミと晩ご飯でも一緒に食べたいんだって」とつづきをしゃべるから、ぼくはどぎまぎするよりただ彼女を見てしまっていたが、その短い言葉のあいだに彼女は一度だけ軽く目を伏せて、三谷さんがそれを言い終わったときには普段の感じにもどって、

「今度は食事ですか――」

と言って、目を細めて見せた。

そういう細かいことは三谷さんはいっさい気にしないで話をもどして名前を訊いたりしていたけれど、ぼくには彼女のたったいまのその感じがやっぱりよくて、しゃべるのは三谷さんに任せて脇で愛想笑いなんかをしていただけだったが、三谷さんがもう一度「それで今夜なんかどうなの？」と言うと、

「今日はちょっと都合悪いんです」

と、あっさりした感じの答えが返ってきた。それがぼくには言葉どおり「今日は都合が

悪い」という意味にしか聞こえなくて「じゃあ、明日また来ます」と言うと、工藤さんというその子は目許と唇の端を一度かすかに動かして笑ってから、すぐにウェイトレスの顔にもどって軽くお辞儀をしてもどっていった。

工藤さんのいまのかすかな笑いにはやっぱりどことなし卑猥さがあって、工藤さんがいなくなるとぼくは三谷さんに向かってニッコリと笑って見せたのだけれど、三谷さんは少しも笑わずにさっきよりずっと真剣な顔になって、

「おい、どうして日本だけ競馬が〈八枠制〉なのか考えたことあるか」

と言い出した。

そういえば三谷さんの愛想笑いというのは見たことがないが、そんなことよりも三谷さんはたったいま自分が声をかけたことにはすでに関心がなくなっていて、工藤さんという子が視界から消えた途端に競馬の話をはじめる。まったくこの人はどういう人だと思うが、三谷さんの話は、

「1枠の白と2枠の黒は〈九星〉と同じなんだよ」

と、完全に競馬の暗号解読になっていた。

「一白、二黒、三碧、四緑、五黄、六白、七赤、八白、九紫、——1、2、5だけ枠順の色と同じなんだ。三つだけ一致させてあるっていう中途半端さがクサいんだ。

だいたいイギリスだってアメリカだって、日本以外のどこも〈八枠制〉なんかやってないだろ？〈枠〉なんてものはなくて、馬番だけなんだよ」

もう少し工藤さんという子の話をしたかったが三谷さんの話はもう止められそうもなくてぼくはあきらめて「うん、日本しかやってない」と答えた。ついでに言えば枠の色は1枠から順に、白、黒、赤、青、黄、緑、橙、桃となっていて〈九星〉の色とはずいぶん違うが、三谷さんは、

「〈九星〉と〈八枠〉、数まで違ってるだろ？」

と言った。

「俺、ずっとこの関係がわからなかった。最近はやっぱり関係ないんじゃないかって思いはじめてたんだけど、昨日突然わかった。

〈五黄〉はぬかさなければいけなかったのッ——」

〈九星〉から真ん中の〈五黄〉をぬかせば残りは八つになる。〈九星〉で東西南北と東北、東南、西北、西南の八つの方位を表わすときには〈五黄〉は別扱いで方位図の中央にくることになっているから〈五黄〉はぬかすものだったんだと言って、三谷さんはさらに〈木・火・土・金・水〉という陰陽五行説までひっぱり出してきて、というか〈九星〉も陰陽五行説の一部ということらしいのだが、陰陽五行説に従えば1—3の出る日は2—3

は出ない、これが〈九星〉つまり陰陽五行説と〈八枠制〉を結合させた理論なんだと図まで描きながらごちゃごちゃしたことを並べはじめていた。

ぼくは「ふん、ふん」と空返事をしていたのだけれど、三谷さんはその図を指して、だから4―5の出るとき4―6、4―7は出ない、2―5の出るときは2―4、2―8は出ないというようなことをえんえんとつづけてから、

「結局、核になってるのは陰陽五行説なんだよ。手相、人相、家相、全部が陰陽五行説なの。

いやあ、東洋思想は奥が深いッ。

知れば知るほど、整然とした理論体系が見えてくる」

と言って、一回坐り直して椅子でなくテーブルを自分の方に引いた。

「あ、こぼれるよ」

「大丈夫。こんなことで壊れるほどヤワじゃない。

ところで、おいッ、すごい先生がいるっていう話まだしてなかったよな。本なんかは一冊も出してないんだけど陰陽五行説をきちんと体系的に理解している人がいるんだ。

それがところがそれだけじゃなくて、生年月日訊いて、家相訊いて、人相見ているうちに霊を出しちゃうの。

前世の霊を。もうバンバン呼び出しちゃう。『あなたはいままでに目を病んだことありませんか？』って言ってきて、『え？　目ですか？　いやあ、僕は目はいい方だから――』って、言ってるうちに突然目がぷううって腫れあがってきちゃったの。片っ方だけぷううって腫れて、お岩みたいに赤くなってぶつぶつまで出てきて――。

え？　いやっ、俺じゃない。俺はまだ行ってない。聞いた話。でもウソじゃない。確かなやつの話。

前世で首切り役人だったたっていう霊が出てきた人なんてすごいよ。突然首筋押さえて『痛い、痛い』って、のたうちまわってんの。

だから前世の霊がうしろについてるの。その霊が痛がり出すの――」

「痛い話ばっかりじゃん」

「え？　痛い？　いやっ、そんなことない。

前世でアステカの巫女してたのが来たときなんて、そこに一歩踏み込むなりワーッて泣き出して、そこの助手といきなり古代アステカ語でしゃべりはじめちゃったの。

助手もやっぱり前世で古代アステカの巫女だったの。

助手の方も泣いてんだけど、二人でえんえん十五分、あ、二十分って言ってたかもしれない、嗚咽しながら古代アステカ語でしゃべってんだって。

え？　何をって？　わからない。古代アステカ語なんて誰もわからないんだから、しゃべってる二人にしかわからない。でもアステカ語だってことはほぼ間違いないって。

いやっ、だから当人にもわからないの。トランス状態で霊同士がしゃべってんだから。本人がしゃべってんじゃないんだから。

今度、俺その先生のところに行くんだよ。これで陰陽五行の奥義が極められる。

いやあ、興奮するなあ。

いまからゾクゾクしてくるよ」

と言って、三谷さんは一口コーヒーを飲んで、

「なんだ、冷たいじゃないか」

と言った。

これだけしゃべったあとで飲めば熱くもうまくもないのはあたり前だが、三谷さんはカップを置くと、しかしその先生を紹介してくれるやつがなかなか連絡が取れないやつなんだと言った。

「まあ、時機ってもんがあるから。

世界はすべて過去からの因縁でできてるものだからな」

だから急いじゃいけない、相手がなかなか連絡の取れないやつならそれに従わなければいけない、と珍しく分別のあるようなことを言ったが足は貧乏ゆすりをしていた。

「ま、それまではさっきの法則だな。

1―3が出る日は2―3は出ない。

あいつら、自分たちでレースを仕組んだつもりになってんだろうけど、あいつら自身、陰陽五行の流れにはまってるのに気づいてないんだ。

近代人なんて、そんなもんだ」

「あいつら」とはもちろん競馬会のことだが、それはいいとして三谷さんはその陰陽五行というか前世の霊というか、その先生のところに行って自分の目が腫れたり首筋が痛くなってのたうちまわったりするというようなことはまるっきり考えない。負けても負けても次は勝つと思っているのと同じで、何が何でも自分にはいいことしか起こらないと思っていて、三谷さんはそこまで言うと唐突に「――じゃあ、ね」と言って席を立った。

三谷さんが立ったからといってぼくまで立たなければいけないということもないのだが、つられてぼくも席を立ち、それでレジでぼくが工藤さんに、

「じゃあ明日また来ます」

と言うと、三谷さんはハッと不意をつかれたような顔をしてぼくと工藤さんを素早く交

互に見た。三谷さんは少し前に自分が工藤さんに声をかけたのを忘れていたのだが、数秒して、

「あ、そうか」

と、自分のしたことを思い出していた。


それでその日の夜もアキラはきのうと同じ横浜球場にプリンスのテレホンカードとTシャツを売りに行っていてぼくたちは三人でスパゲッティを食べたのだけれど、食べていると島田が、

「や、イエス・キリストのお父さんっていうのは、ヨセフっていうどうってことのない大工だってことになってるじゃない」

と言い出した。

マホメットのことは知らないが釈迦もそうで、宗教の開祖というのは処女懐胎というか性交しないで受胎することになっている。つまり人間でないものの力による受胎だから子宮を提供する母親はいちおう問題にされるが父親の方はだいたいどうでもいいことになっていて、それくらいのことはぼくも知っていたが、島田はヨセフはヨセフで案外血筋の正

しい人なんだと言った。

「や、『ルカの福音書』っていうのの中でヨセフの系図を説明してるんだけどね、『ヨセフはヘリの子、ヘリはマタテの子、……』って、順番に誰は誰の子、その誰は誰の子って言って親をさかのぼっていくの。

そうすると途中の四十番目ぐらいにダビデ王が出てきてね、ずっとうしろの方の六十何番目でノアの箱舟のノアも出てきてさ、最後のたしか七十五番目だったと思うけど、アダムが出てくるの。

や、だからね、ヨセフだってちゃんとした血筋なんだよ。どうってことのない大工なんかじゃなくて、先祖をたどっていけばちゃんとダビデ王もいるし、ノアもいるんだから立派なもんだよ。それで最後はちゃんとアダムに行きつくんだから、こんなにちゃんとした血筋もないよね。アダムの七十五代目の子孫ってことなんだから——」

そんなことを島田は暗記しているらしく聖書を見ないで言って、ぼくとよう子が「そうなのか」とか「そう」とか適当な相槌を打ちながら聞いていると、

「信じた？」

と島田が訊いてきた。

「え？」

「や、だからヨセフの血筋の正しさ、信じたでしょ?」

「いちおう、な」

「ウソなの?」

「や、ウソじゃない。イエスのお父さんのヨセフはれっきとしたアダムの子孫だよ。

でも、アダムまで行きつくのはあたり前なの。

聖書の世界では、人間は全部アダムからはじまることになってるんだから。先祖をずうっとたどっていけば誰だってアダムに行きつくんだよ。

や、だから、それでヨセフの血筋が正しいってことにはならないんだ」

島田は大発見でもしたような得意な顔をしていて、よう子が「なんだ。そんなことなの」と言っても、「や、これは盲点だ」なんて言っていたが、ぼくは前に島田からコンピューターの歴史を聞いたのを思い出した。

コンピューター・ソフトの会社に入って暇だった頃に島田はIBMの初代大型コンピューターがどんな方式でそれが三十年くらいのあいだにどう変化していったというようなことを会社にある本で調べていて、それを一時間くらいかけてぼくにしゃべったことがあるのだけれど、現実の社会生活の話となるとあやふやでもこういうことだと信じていいのが島田の特徴で、つまりコンピューターの歴史を調べるような感じで島田は聖書を読んでいるのかと思ったところで、聖書をぱらぱら見ていたよう子が聖書の最初にある「マタイの福音書」というのの中に島田がいま言ったのと別の系図があるのを見つけた。

「『アブラハムの子孫、ダビデの子孫、イエス・キリストの系図。――』」

と言って読んでみると、

「あれ？　ヨセフはヤコブから生まれたって書いてあるよ。ほら、『ヤコブにマリヤの夫ヨセフが生まれた。キリストと呼ばれるイエスはこのマリヤからお生まれになった』って――。島田さん、さっきは違う人の名前を言ってなかった？」

と言われて、島田はあわてて聖書をとって少し真剣な顔で読んで、それから、

「や、だから聖書って、いい加減なんだ」

と言った。

「いい加減なのに、みんな信じるの？」

よう子がそう言って、ぼくは「記述に食い違いがあるってことだろ？」と言った。

「だからね、食い違っていても信じなくちゃいけないからキリスト教徒は苦労するんだ」

よう子は「そうなの？」と言って聖書を拾い読みしていて、ぼくは論理が正しく組み立てられているものよりも食い違っているものを信じる方が信仰は強いだろうと三谷さんの

ことを考えながらそんなことを言っていたのだけれど、よう子はよう子で、

「クロシロの子どもたちの話みたい」

と言い出した。

「よくアタシが言ってるこの辺のボス猫のクロシロがいるでしょ？　アタシがご飯あげてる猫たちの中にも絶対クロシロの血筋っていう子が五匹いるの。ハナクロもたぶんクロシロの子どもだと思うけど、もっと似てる子が五匹いるの。頭の上半分がこう目の下まで黒くて、シッポが短くてこれくらいでね、――」

と、よう子は手真似を入れてしゃべっていたが、そうしていると島田が「や、それは聖書みたいな考え方だ」と言った。

「聖書は男の血筋しか問題にしないんだ。

や、だから、よう子ちゃんは知らないうちに猫たちのことを聖書の世界に置き換えてたんだよ」

「でも、アタシ、お母さんの見当のついてる猫もいるよ」

「じゃあ、よう子の世界の方が聖書より緻密じゃんか」

「や、じゃあ、よう子ちゃんが猫の年代記を書いたら、聖書より完成された本になる」

「そんなことより、おまえの社長の年代記はどうなってんだよ」

「や、いまはよう子ちゃんの話だから――」

「でも、やっぱり遺伝力――って言うの？　クロシロは遺伝の力も強いらしくて子どもがクロシロに似ちゃう確率が高いみたい」

「馬だと外見だけ似て能力は似なかったっていうパターンも多いけどな」

「――性格は似てないよ。クロシロはアタシにはなつかないけど、子どもはもっと人なっこいし、クロシロみたいに喧嘩しないもん」

夕食が終わってもぼくたち三人はそんな話をしていて、ぼくとよう子がシャワーに入ると島田も三日ぶりか四日ぶりかでシャワーを浴びてついでにそれまでずっと着ていたワイシャツも新しいのと替えていたが、十二時すぎになるとアキラがきのうと同じようにドアをけたたましく開けて帰ってきて、戸口に立ったまま、

「明日、みんなでプリンスのコンサート行こうよ」

と大声を出した。

「オレ、ダフ屋のオッさんと仲良くなっちゃったの。ダフ屋のオッさんがさ、明日売れ残ったチケットくれるって言ったの。スゴイでしょ」

それを言い終わるまでアキラは戸口に立っていて、またドアをバタンと音をたてて閉め

て上がってきたが、明日は工藤さんと会う約束をしてあるからぼくは「プリンスなんかヤダよ」と言った。

「エーッ？　なんでーッ？

ただでくれるんだよ」

「ヤダよ。プリンスなんかキンキン声でチビで見栄はって踵の高い靴はいて、あんなやつ業界ではアメリカの野口五郎って呼ばれてんだぞ」

「何の業界だよ」

「だからプリンスの業界だよ」

「ウソつき」

「ねえ？　どうして野口五郎なの？」

「だから、野口五郎って本当はチビなのに踵の高い靴はいてごまかしてただろ？」

「そうなの？」

すでによう子には野口五郎なんて言ってみても何もイメージがないから冗談にも何にもならなくて、島田は「や、残念でした」なんて言っていたが、アキラが「行こうよ、ねえ」と言っていると、

「アタシ、プリンスなら行きたい」

と、よう子が言った。

「ね、よう子ちゃん行くよね」

「ダメだよ。あんなキンキン声」

「や、おれも行ってもいい」

「おまえまで好きだったのか？」

「や、別に好きじゃないけどね、コンサートはいいよ、やっぱり」

「横浜球場なんかじゃ遠くて見えないぞ」

「アリーナ取ってくれるって言ったもん」

「『アリーナ』なんて、アキラおまえ意味がわかって言ってんのかよ」

「知ってるに決まってんだろ。一番いい席のことだもん」

「ダフ屋のあまりでアリーナ四枚なんてあるわけないだろ」

「二人ずつになればいいじゃん」

「や、どうせコンサート聴いてるときは一人なんだから、おれ、一人でもかまわない」

「なんだよ二人とも、タダって聞いたら急に行きたいのかよ」

「そうじゃなくて、行きたいって思っちゃったから、アタシもう行くって心が決めちゃったの」

「や、タダはいいよ、やっぱり。『そうかァ』って思うよね」

「なにが『そうかァって思うよね』だよ。全然意味になってないじゃないか」

そんな調子でぼくは一人で反対していたが、よう子がぼくをじっと見て目を三日月のようにして見せてこっちに向かって笑った。

「なんでそんなに行きたくないの？

プリンスのレコードだってちゃんと持ってるじゃない」

「エーッ？　持ってんのーッ？　ミーハー」

アキラは咽の奥まで見えるくらいに大口を開けて「ミーハー」の「ハー」を長く引っぱって見せて、ぼくは「あさってならいい」と言った。

「ブーッ。

プリンスのコンサートは明日までなのッ」

「ねえ、なんでそんなに行きたくないの？」

「や、そうだ。おかしい」

三人に言われてぼくは「明日デートなんだ」と言った。本当はデートでもなんでもなくてただ晩ご飯を一緒に食べるだけだけれど、そんなことといちいち言っても仕方なくて、ぼくが「デートなんだ」と言うと、アキラは立ち上がって、

「エーッ？　デートー？」

と、今度は唇を前に突き出して「デート」の「ト」を息がつづくあいだじゅう引っぱって、そして、

「いいよ。そんなもん」

と言った。島田もよう子もうすら笑いを浮かべて見せながら、そんなもんどうだっていいよと言っていて、ぼくは「だから隠そうとしたんだ」と言い返したが、三人とも笑っているだけで、アキラがダメ押しするように、

「残念でしたッ」

と言ってきた。

それから「ねえ、ゴンタも呼んで五人で行こうよ」とアキラが言うと、よう子もそれがいいと勝手なことを言ってぼくを見て「ねえ、その人も誘おうよ」と言った。

「気楽なことを言うやつだ」

「どうして？」

「や、そうだ。おれもその人見てみたい」

「明日がはじめてのデートなんだよ」

「あ、そうなの？　でも言えばきっと来るでしょ？　ねえ？」

「電話しなよ」

　アキラに言われて、ぼくが「まだ電話番号聞いてない」と言うと、

「ナニ、それッ？」

　とまたアキラが声をあげた。

「だから、よく行く喫茶店のな――」と、ぼくは説明なんかしたくなかったが説明して、

「どんな人？」と言われて「派手な女の子」と答え、「いくつ？」と訊かれて「知らない」と答え、「どこに住んでるの？」にも「知らない」で、結局工藤さんについて三人が知ったのは「喫茶店で働いている派手な女の子」ということだけで、

「ゼーンゼン、知らないんじゃん」

　と、アキラにまで言われるとやっぱりしゃべらなければよかったと思った。それでもぼくは「誰だって、つき合うまでは何も知らないんだよ」と言ってみたが三人には無視されて、三人は勝手に明日の待ち合わせをどうしようかと話しはじめていた。

　結局いい待ち合わせ方法が思いつかなくて、アキラがテレホンカードを売っている横浜

球場のスロープのところに島田もよう子もぼくも別々に行くことにして、ゴンタという夏に一緒に海に行ったやつも来ることになった。

それでぼくはそのことを工藤さんに言いに行かなければいけなくて、喫茶店の階段を降りていくと入口のレジのところに工藤さんが立っていて、ぼくと目が合うと工藤さんは小さく笑った。客にする笑いではなくて友達にするときの笑いで、笑うときにかすかに会釈するかしないかの違いでそう感じるだけかもしれないが、そのときの工藤さんの笑いには前に感じた卑猥さみたいなものよりも子どもっぽさがあって、ぼくはやっぱり友達にする笑いだと思った。

子どもっぽいと思ってそれから、それまで漠然と考えていたよりも工藤さんという子は大人なのかもしれないと思った、というのも変な話だけれど実際そう感じて、やっぱりプリンスの方をすっぽかして工藤さんと会うことにしようかとも思ったのだが、考えがその方向に変わりきらないうちに階段が終わってぼくは工藤さんのすぐ前に立っていて、

「ごめんなさい。今日ダメになっちゃった」

と言ってしまった。

「なんだ、残念」

工藤さんはいかにも軽くそう言って、その軽さがまたよくてやっぱりプリンスをすっぽ

かせばよかったと思ったが、もう「ダメになっちゃった」と言ってしまったものは仕方なくて、ぼくは、

「横浜球場でやってるプリンスのコンサートに行くハメになっちゃったんです」

と、つい本当のことを言ってしまったが、他の言い訳を考えていたわけではない。

「ハメになっちゃった、んですか――？」

ただの言い逃れでしょ？　という風に、工藤さんは笑いながらぼくの言葉をそのまま繰り返して見せた。

ぼくはそれまで工藤さんという女の子のことを二十三か四かそんなところなんじゃないかと考えていたが、もう少し大人みたいで、工藤さんは少しだけ親しい相手をごく軽く責めてみせるというような演技をしてくれているらしくて、こういう演技にのっかって話ができるならぼくは急に気楽にふるまえるような気になった。

それで、ぼくは席に坐るつもりはなかったからレジのところに立ったまま、でもチケットはまだなくてダフ屋からもらうんだとか余計なことまでしゃべって、工藤さんも「そんな？　ダフ屋？」と言ってちょっと笑ったりしたが、いつまでもレジの前に立っていたら邪魔だし馬鹿みたいだから、なんとなく気が急《せ》きながら「それで明日は？」と訊いてみると、「ごめんなさい。明日はダメなんです。それにあたしここは月、火、水しか来てない

んです」と言われて、それならどうしようかと思う間もなく工藤さんから「だからまた来週決めましょう」と言われて、ぼくは「じゃあ、また来週」と言っていま降りてきたばかりの階段を上がった。

階段をのぼりながら工藤さんはぼくのうしろ姿を見ているのか、三十歳のぼくの尻は見られることに耐えうるかなんてことを考えると一秒でも早くのぼりきりたかったが、のぼりきると今度は席に坐らなかったことが惜しくなってガラスの扉を開けながらちらっと振り返ると工藤さんが上目づかいにこっちを見て微笑んで、それを見てぼくはゆみ子に電話したくなった。

ゆみ子というのは大学のときの友達で、二十七、八、九の三年ぐらい話をしていなかったが、春先に茶トラの子猫がぼくの部屋を覗きにきたときに久しぶりに電話をかけてそれからまたちょくちょく話をするようになっていて、ゆみ子は電話に出ると「いま子どもにオッパイあげてたの。よくオッパイのときに電話かけてくる人ねえ」と言った。

ゆみ子は結婚もしていないくせに子どもを一人つくっていて、母性的空間に包まれている期間が長いほど子どもが悲観的にものごとを考えないように育つという理屈を勝手に考えて五歳くらいまでオッパイをあげるんだと言っている。

ぼくはいちおう「ごめん」と言ってみたが、「いいの、ちょうど終わったところだから」

と言って、子どもに何か話しかけてそれから、

「しまったわよ」

と言った。

「オッパイを？」

「そう」

「いいよ、そんなこといちいち言わなくても」

「そう？　だって、あたしが胸を出したまま電話してるって、あなたが想像しちゃってたら悪いじゃない」

実際ぼくはそう思っていたから笑ってしまったが、余計な話はとばしてぼくは「好きな子ができたんだ」と言った。

「それで電話してきたの？」

「そうだよ」

「全然かわってなかったのねえ」

前は好きな女の子ができるとほとんど必ずゆみ子に電話して「またなの？」と言われて、その「またなの？」という台詞を聞くと好きな女の子ができたんだという実感がわく、というのも大げさだがだいたいのところそんな気分で、この日は「全然かわってなかったの

ねえ」が「またなの？」と同じ働きになって、やっぱりゆみ子に少し加虐的に言われるのは調子が出ると思って、

「この三年ぐらいのあいだに、おれは女の子とつき合うのが驚くほど進歩してないんだ」と言った。

「そう？　でも、いまの一言、変化があったわよ」

前は「女の子」と言わないで「女」と言っていたとゆみ子は言ったけれどそれぐらい自分でもわかっていたから、ぼくはそうだと答えた。

「どうして？」

「『オンナ』っていう響きがきついだろ？」

「それだけ？」

「いいじゃんか、そんなことどうでも」

ゆみ子は電話口で「ふふっ」と笑ってそれからさっきの話にもどって、つき合い方なんて誰だって進歩なんかしない、でも変化もしないのはどういうわけなんだろうと言ってきた。

「どういうわけって？」

「だって、言葉とか仕草とか表情とかっていうのは、すごく小さいうちに身につけちゃう

ものだから、そういうのがいくつになっても変わらないっていうのならわかる気もするのね。

でも、好きな相手とのつき合い方なんて、何やかや言っても結局思春期に身につけていくものでしょ?」

「まあねえ、――」

「思春期なんて人の成長で考えればすごく遅い時期のことなんだから、もうちょっと、相手によってふにゃふにゃ変わってもいいんじゃない? ――って思わない?」

そんな風に考えてみたことはなかったからぼくはいったん「そんなこと考えてみたことがなかった」と言ったが、すぐに「でも、男の場合、母親との関係なんかが投影されるって言うじゃないか」と、自分でも月並みだとよくわかっていることをつい口走ってしまったのだけれど、ゆみ子は即座に、

「そう? 本当にそう思う? あなた、本当に母親との関係を投影してるなんて思ったことある?」

と追及するように言ってきて、ぼくはひたすら曖昧な返事をすることになった。

相手がアキラだといくらでも強気なことを言うくせにゆみ子となるとこうなってしまうのは、ゆみ子の話の持っていき方がいつも意外だからということもあるが、そういうこと

以上にアキラのときは強気に出てゆみ子のときにはへなへなとなってしまうという役割分担というかすりこみみたいなものなんじゃないかと思うが、とにかくそれでぼくが曖昧な返事をしていると、ゆみ子は、

「そんなことじゃなくて、みんな自分の最初の頃の経験を、必要以上に大事にしたがるからそういうことになるんじゃないの?」

と言ってきた。

「なるほど」

「だってねえ、あなたなんかつき合う相手によって、ころころころころ態度変えちゃうもんね」

そう言ってゆみ子は笑ったが、ぼくはそんなことないと言った。

「そんなことあるわよ。そんなことだらけじゃないの」

「ウソだね。

そう言ってすぐにおれに暗示をかけようとする」

「じゃあ、今度の相手とはどういうつき合い方してるの?」

「まだつき合ってないんだ」

ゆみ子はまたそんなことかという風に笑って少し間《ま》をおいたが、「じゃあ、どんなタイ

プなの」と訊かれて、派手な子に決まってるじゃないか、もともとの顔立ちが派手で髪型も化粧も派手で笑うと口許が少し卑猥な感じになって、それだけじゃなくてどこか相手を小馬鹿にしたように受け流すところがまたいいんだと言い返すと、「ほらァ」と言われた。

「前はあんまり派手なのはちょっと困るって言ってなかったっけ？」

「そりゃあ、限度ってものがある――」

「骨組みがしっかりしてる女だから、抱きしめても抱きしめられてるみたいでいいって言ってたことなかったっけ？

小さくて子どもみたいな顔してるくせに誰にでも生意気な口きくところがいいって言ってたこともなかったっけ？」

それからねえ、――」

「人のことよく憶えてるなあ」

「だって、あなたがいいって言うときの表現が変なんだもん」

「いいじゃないか」

「だからあなたは、好きになる基準もつき合い方も相手次第でころころ変わるからいいって、あたしは言ってるのよ」

「そういうことか」と、ぼくは言った。自分ではそんなに基準が変わるとも思っていない

が、この電話ではそれがいいことになるらしいからいいことにして、でもそれだからどうなるんだと言うと、ゆみ子は、

「だって、みんな『あたしの恋愛パターンは……』なんてことばっかり言うんだもん」

と言った。

「あたし、もうそういう話聞かされるのがヤんなってるのよ。今度こそうまくいってると思ってると？　やっぱり突然ふられちゃって？　いつもあたしには理由がわからない？　つき合ってみると必ずダメな男で？　わかってるのに、ベターッとくっついて？　どうしてもあたし尽くしちゃう？　そんなことばっかり言って、みんな自分の恋愛を特別なものにしたがるでしょ？　だけど、だいたい自分が何人の中から相手を選んでると思ってるのよ。友達の紹介とか会社の中とか、せいぜい二十人か三十人ぐらいから選んでるだけじゃない。みんなと同じところ行って同じことしてるくせに、どうして恋愛ばっかり特別なものだと思えるのよ。

　みんなの恋愛を全部並べてみたって、結局五つか六つのパターンしかないじゃない。一人一人の恋愛なんて特別でもなんでもないのよ。だってもともとオリジナルじゃないんだ

もん」

ゆみ子は少しおこったような声でしゃべっていて、もっともゆみ子のそういうしゃべり方は歯切れがよくて聞いていて気持ちがいいが、「おれにおこるなよ」と言うと、「あ、ごめん。ゆうべもそんな電話が二本もかかってきて、三時間もつぶされちゃったの」

と言ったけれど、ゆみ子はまだ気持ちがおさまっていなくて、だいたい恋愛なんてものはめったなことでオリジナルな形態になんかならない、オリジナルだと思うからそれにこだわってわざと同じことをしたがる、オリジナルじゃないって割りきってしまえば「あたしの恋愛のパターンは……」などというこだわりもなくなる、だからそんなものなくして一度失敗したらさっさと別のパターンにしちゃえばいいんだと言った。

「だって、そうじゃない。

言葉や仕草や表情だったら、ちっちゃいときから身につけちゃったものだから、なかなか変えられなくてもしょうがないけど、恋愛なんて思春期にはじめるものなんだし、それもたいていは何かでインプットされたものの真似してるだけでしょ？

どんどん変えちゃえばいいのよ」

「そういうことだったのか」とぼくは言った。さっきゆみ子の言ったことの意味がそれで

やっとわかって、ゆみ子がそんなことを言いたかったことの気持ちもわかったが、ゆみ子はぼくの返事なんか関係なく、

「踊りと一緒」

と言った。

「ニジンスキーみたいな天才だったら、どんな仕草でも踊りになっちゃうし、本当にオリジナルな振りもできるけど、普通はそうじゃないんだから。

みんな、最初っから人真似で、そんなのちっとも自分のオリジナルなんかじゃないっていうのを徹底して自覚すればいいのよ」

「ねえ、ニジンスキーっていう馬もいたんだぜ。十三戦十一勝、二着二回のイギリスの三冠馬なんだよ。すごいだろ」

「――あなた、自分のことじゃないと思ってちゃんと聞いてなかったでしょ」

「聞いてたよ。

『ニジンスキーは踊りの天才だ』って言ったんだろ？」

ゆみ子は「ふう」と一回大きくため息をついて見せた。

「な、ちゃんと聞いてるだろ？　だから、もっと何でも遠慮しないでしゃべってやってくれよ。

どんどんやってくれ」

「バカ」

ゆみ子はそう言ったが声は笑ったときの声になっていて、さっきと違う「ふう」というため息をもう一度させてから、よう子ちゃんとアキラ君はどうしてるの？　と、ゆみ子は自分から話題を変えてきた。

アキラは相変わらずうるさくてよう子はいよいよ本格的に近所の猫たちにエサを配っているけどミイとミャアはまだなついてこない、でも他の猫が十五、六匹ぐらいよう子になついてみんなよう子がエサを配りにくるのを待っている、というようなことをぼくは言って、ゆみ子もそれに適当な合いの手を入れてきて、最後に、

「じゃあ、がんばってね」

と言われたから、ぼくはがんばるっていうのはどうすることだと言ったのだけれど、ゆみ子はそれを無視して今度は恋愛の話じゃなくてよう子ちゃんとアキラ君の話を聞かせてよと言った。

それでまだ時間が早かったからアキラとよう子がまだ出掛けていないのなら一緒に横浜

球場に行こうと思って電話してみたが誰も出なくて、ぼくはそのまま石川町まで行くことにした。

中華街をぬけて山下公園に出ると、五時をすぎたばかりの山下公園には四、五人の中学生や高校生の学校帰りのグループがいるのがまず目について、それから犬の散歩をしている人や子どもと歩いている人やベンチに腰掛けてハトにエサをまいている人がいて、ところどころに男と女のカップルもいた。

明るい時間のカップルはまだ人に見られているという意識があって居心地悪そうにしていてくれるからこっちもただ海と接したアスファルトの舗道を歩いていくだけだけれど、しばらく歩くと手摺りに寄りかかるというか尻をそこにのせた格好でブロンドの髪の二人がキスをしていて、ガイジンがキスをするのがさまになっていて邪魔な感じもしないのは、ガイジンは小さいときからまわりの大人たちがそうするのを見て育ったからなのかと思った。

変な言い方だが公園というのは公共の場所で、そこで散歩するのも四、五人でしゃべるのも笑うのもベンチに腰掛けて本を読むのも不自然ではないが、アベックがいるのだけが公園の公共性に反するようで、それでも西洋系の人間がキスをしても別にまわりが気にしないのは彼らのキスが開かれたキスだからなのだろうかと考えると自分でもバカなことを考えているると思ったけれど、とにかくぼくはただゆっくりと海に接した舗道をそれが終わるところまで歩いてまた同じ道を引き返していった。

そうやって歩いていると九月のはじめというのは八月とさして変わらないような暑さが残っているのに光の方はすでに夕方の弱さになっていて、このちぐはぐな感じが九月ということなのかと思った。

夏がいいのは暑いからなのではなくて光が強くてその強い光が長い時間つづくからだとわかるのはこの時期で、そこに止んでいた風が不意に吹くとその風の涼しさがただ気候の問題のはずなのに気持ちとつながって、なんていったらいいか、気持ちのなかで濃厚な感傷が作動しはじめる。このあいだよう子と二人でカン高く鳴く虫の音を聞いていたときにもぼくは憂鬱な気持ちになったけれど、ぼくには憂鬱さよりこの濃厚な感傷の方が何か絶対的に強いものがあって、しかもそれは性欲と結びついている。

自分の性欲を厄介なものだと思うのは、この、夏のような日のなかに秋の気配が少しあらわれては消え、またあらわれては消えるのを繰り返しながらしだいに夏が前景から後退して秋が支配的になっていく時期で、他の季節の性欲はもっとずっと単純だがこの感傷と一緒になった性欲だけはぼくには馴致《じゅんち》しがたいもので、これがはじまると不意に自分がいつもの自分を真似しているような感じがすることがある。

だからそのとき歩いているのも普段ぼんやり歩くのを真似ているような感じになったのだが、とにかくぼくはそれまでと同じように氷川丸のあるところまで折り返しの道を歩いて、今度はアスファルトではなく海と少し離れた芝生のところを歩くことにした。ベンチもいくつか空いていたし、海に面した手摺りにもたれることもできるけれど、途中で一度そうしてみたら、海と波と船とカモメをぼんやり見ているだけで退屈だったから歩くことにして、それでぼくはそれからもただ歩いて六時をすぎて暗くなりはじめた頃に横浜球場に行った。

横浜球場に着くともうぞろぞろと人が集まって流れていて、その流れの中に四人、五人、六人とダフ屋が立ちどまるでもなく歩くでもなく曖昧に動いていて、「はい、あまったチケット買うよ、あまったチケット買うよ」「アリーナあるよ、アリーナ」と小声なのに脇を通るとはっきり聞こえるダフ屋特有のしゃべり方をしていて、内野スタンド入口に向かうスロープをあがっていくと途中にアキラが見えて、ガトのやたら図体のでかい姿も見えたし、横によう子も島田もゴンタもいた。

久しぶりの意味で先にガト、次にゴンタに手を上げて、アキラにみんな早いじゃないかと言うと、アキラは、

「ほら、やっぱり一番最後になる。

遅いんだから、ホントに」

と言って、それからぼくにもう少し近くに来いと指で合図した。

「ほら、あそこにいるオッさんが仲良くなったダフ屋だよ」

　アキラがそう言って指を差すとダフ屋もちょうどこっちを見たところで、ダフ屋はすぐに人の流れに目を移したが、そうしながら若い女の子のするように腰のところでちょろちょろと手を振って見せるからぼくは笑ってしまった。

「気さくなダフ屋だ——」

「でしょ？　いい人なんだよ。

　さっきなんかさあ、おまえもそんなつまらないことしてないで俺んとこで働けよって誘われちゃったよ」

　そんなことをしゃべっていても、前に高校生ぐらいの女の子が立ち止まると、

「ねえ、これいいでしょ？　一枚千八百円だけど、他所じゃ絶対売ってないんだよ」

と、アキラはいつものしゃべり方でそのまま商売をしていた。

　その横でガトは黙って立っているだけで、ぼくが「売れるのか」と言うと、

「ああッ？」

と、バンドのやりすぎの難聴の耳で愛想がないどころか喧嘩を売っているような、語尾

を引っぱってあとになるほど語調が強くなる「ああッ？」を言ってきて、

「売れるのかよ」

と、もう一度言うと、

「ああッ？　ああ。

まああだな。これ、けっこういいんだよ。

でも、プリンスは大人が多いな。

アルフィーんときはもっと全然売れたね」

と言った。

「おまえ、アルフィーでもやったのか？」

「ああッ？」

「これ、年中やってんのか？」

「ああッ？

あっ、ああ。

アルフィーに来るガキはブスばっかりだよ」

「ガト、おまえ一人でやってたのか？」

「ああッ？　何が」

「アキラがやる前は一人だったのかよ」

「ああッ？　ああ。

　バンドのタジミってぇのと二人。

　こんなこと一人じゃバカらしくてやってらんないよ」

　しゃべり方はいつもこうでもガトは実際のところただのお人よしで、もう少し静かなところで話す分にはそれなりによさもあるのだけれど、こういう人ごみの雑音だらけのところでは話がなかなか通じないのが面倒くさくてあまり話す気がなくなってくるが、ガトとしゃべっているあいだによう子がアキラの隣りに立って売るのを手伝いはじめていた。

　そうしていたらさっきのダフ屋がこっちに寄ってきて、

「おい、何枚だ」

　とアキラに言った。

「五枚」

「じゃあ、一万円だな」

「エーッ？　タダじゃなかったの？」

「バカ。五枚もタダにできるわけないだろ。

いくらのチケットだと思ってんだよ」

「六千五百円」

「わかってんじゃねえか」

と言われて、アキラはニヤッと笑ってぼくに「一万円だって」と言ってきて、ぼくは一万円をオッさんに渡した。

それをズボンのポケットに入れてオッさんは、

「じゃあ、開演まで待ってな」

と言い残してそれまでと同じあたりにもどってダフ屋の商売をつづけていた。

そうやって同じところに立ってダフ屋を見ていると案外チケットを売るのも買うのもいる。前に同じ横浜球場の大洋―巨人戦のときにも武道館のスティングのコンサートのときにも見かけたことのある、緒形拳に似ていると思ったダフ屋もいて、緒形拳に似ているそのダフ屋もさっきのアキラと仲良くなったダフ屋も「ぴあ」なんかで野球やコンサートの予定を調べているのかと思うとおかしくなった。

ゴンタはここでもビデオを撮っていた。八月にぼくの部屋に二、三日泊まって海に行ったときにもゴンタはいつも8ミリビデオのカメラを持っていて、部屋の中にいるときも海でみんながぼんやりしているときでも気がつくとただ漠然とビデオを撮っていた。ここでもそれと同じようにぼくが来る前からゴンタはずっとビデオを回していたのだけれど、それで何か特別なものを撮っているのかといえばそうではなくて長い時間ただ空の色が変わっていくのを撮っているだけらしい。

ゴンタはこうしてスロープをぞろぞろ流れてくる人間の集団を撮ることもしないし、ダフ屋やアキラとガトが商売をしている様子を撮ることもないが、ゴンタの写しているのはビデオなのだから暮れていく空だけを写していたとしても、この場の人のざわめきやたまに球場の中から聞こえてくるPAの調整の音やダフ屋の「あまったチケット」という声やアキラが「わっ、ホント三枚も買ってくれるの？」なんて言っている声も記録されているはずで、ぼくがいつかゴンタのビデオを見るときがあるなら空が映っているだけでもこの場を思い出すのだろうなどと考えていたが、ゴンタを見ているとそれまでスロープをのぼったり降りたりしていた島田が横に来て、

「や、広き門だ」

と言った。

「広き門？　また聖書か」

「や、そう。広き門には人が押し寄せるけど、広き門は滅びにいたる門なんだってさ」

日本語では人が押し寄せるのを狭き門と言うことになっているがあれは本当は広き門と言うのが正しいとスペイン人から前に聞いたことがあって、だから狭き門こそ真実だか繁

栄だかに通じる門だけど見つけにくいんだろ？　とぼくは島田に言った。

「や、そう。で、先の者があとになりあとの者が先になるんだよ」

「なんだ、おれたちのことじゃないか。

　ダフ屋と知りあうのは狭き門で、そこを通った者だけがあとから行ってアリーナのいい席に坐る」

「や、おれは商業主義のこと言ったんだよ。

　この同じ日にさ、ガラガラのライヴ・ハウスで演奏してるやつらがいる――」

　ゆうべは「タダはいいよ、やっぱり。そうかァって思うよね」なんて言っていたくせに勝手なことを言って島田はまたスロープの上まで行ってしまったが、さっきからよう子はアキラの横というかガトの前に立ってテレホンカードとTシャツを売るのが案外おもしろいらしくてアキラと二人で「四枚買ってくれたら一枚は半額ね」と言ってガトを驚かせていた。

　コンサートは七時開演だからダフ屋のチケットがあまるのもその開演の七時をすぎてからになる。開演の二十分前には一万二千円の値のついていたチケットが十分前に一万円になり定刻の七時に本来の値段の六千五百円になって、球場から演奏が聞こえはじめてそれからどれくらいたつとただの紙切れになるのか知らないが、開演時刻になるとテレホンカードを買っているような客がいるわけがなくて、アキラはちょこちょことダフ屋のところまで行ったり来たりしはじめた。

ダフ屋から「もう少し待ってろ」と手で制されるのが離れていてもわかったが、そのうちに演奏がはじまって球場から歓声が聞こえてきた途端に、それまでダメならダメでかまわないと思っていたのが俄然入りたくなって、一曲目が終わってまた歓声が聞こえたときにはあと二万円払ってもいいなんて思ってしまったが、そのときにダフ屋のオッさんがこっちに歩いて来て、

「おい、五枚だったよな」

と言って、アキラが「ハイッ」と返事した。

「まず二枚な」と言って、ダフ屋はアリーナの並びの席を二枚差し出して、

「ニイ、ニイ、イチ、でもいいんだろ。三枚並びは無理だな」

と言って、他のダフ屋のところに寄っていった。

スロープからはまだまだ人がこっちに上がってきていて、その人の流れがあるかぎりダフ屋の商売は終わらないし、その人の流れを見るとまだ球場に入れないでいるこっちも少し安心する。

オッさんはもう一人のダフ屋の前に立って指を三本出し次に二本と一本をつづけて出し

ちわかるのだが、オッさんは相手の返事に顔をしかめてダメだと手を振って、別のダフ屋に寄っていってまた指を三本突き出した。

そこでも同じことの繰り返しでその次も同じで、オッさんはそのたびにダメだと首を振ったり手を振ったりしていたが、次のまだだいぶ若いらしいダフ屋が手の中で縦長に丸めていたチケットを見せてオッさんに何か言い、オッさんは拳固で相手の脇腹をこづき相手は困ったように笑ってダメだと首を振っていたけれど、オッさんは半ば強引にそのチケットを取りあげてポケットから札を出して相手に握らせた。

三分か四分かいずれにしろそんなところでオッさんはこっちにもどってきて、

「ほら、三枚。アリーナ並びだ」

と言って、ぼくが一万円を払ったからなのかアキラではなくてその三枚をぼくに渡してきたから、ぼくは、

「いいんですか」

と言った。

「何が」

「いま、おじさんあの人にお金渡してたじゃない」

「なんだ、見てたのかよ」

「だから——」

「いらねえよ。一万円で約束したんだから一万円だよ」

「どうも」

とぼくが言うと、みんなそろってペコリと頭を下げて、アキラが、

「おじさん好きだよ」

と言った。

「ほしかったらまた言いな」

もうダフ屋も終わりなのかオッさんはぼくたちより先にスロープの上にさっさと歩いていき、「プリンスなんてくだらないから聴かねえ」と言うガトを残してぼくたち五人はスロープを上がっていった。

3

次の土、日もいつものとおり競馬場に行った。

ぼくと石上さんはだいたいいつもいる場所が決まっていて、先に着いた方がなんとなく二人分の居場所を確保しておく。日曜は三レースが終わっても石上さんが来なかったけれど、別にめずらしいことでもなくてぼくは一人でパドックとスタンドと馬券の窓口の往復を繰り返していたが、四レースの馬がコースに出て脚馴らしに向こうまで走っていった頃に「遅くなっちゃったよ」と言って石上さんが来た。

その声でぼくが石上さんの方を向くと石上さんのうしろに女の子が二人いて、

「一緒？」

と訊くと、石上さんは笑いもしないで、

「おう、そうなんだよ」

と言った。

軽く頭を下げて笑った二人は若いというよりももっとずっと子どもに見えて、ぼくがどういう二人なのかわからない顔をすると、

「高校生なんだよ」

と、石上さんは困ったような別に困ってもいないような笑いをつくって、二人をぼくに紹介する手つきをしたところで、

「えーと、なんて言ったっけ」

と、先がつづかなくなって、きれいな子の方が、

「アタシが南村で、こっちが市川さん――。イッちゃん」

と言って、石上さんが、

「そう、ミナちゃんとイッちゃん」

と言った。

イッちゃんと呼ばれた市川さんという子には悪いがミナちゃんの方がきれいな顔をしていてぼくはついミナちゃんを見てしまったけれど、イッちゃんという子の方もくりっとした明るい顔つきをしていて特に劣るというほどでもなくて、まあ二人ともバランスがとれ

ていた。

ぼくは女の子の二人組を見るとついそういうバランスの心配をしてしまうが、それはそうと石上さんと高校生という組み合わせは夏に女子高の紹介ビデオをつくるのでイギリスのホームステイについて行ったのしか思いあたらなくて、

「このあいだの？」

と訊くと、石上さんは、

「おう、そうなんだよ」

と、コースを眺めながら返事をしていたが、イッちゃんという子の方が、

「アタシたち、石上さんのファンになっちゃったんです」

と言ってきた。

「たいしたもんだろ」

石上さんは他人事のように笑ってから、

「俺が土、日は競馬だって言ったら、じゃあ一緒に来るって言うんだよ」

と言った。

「むさくるしいオジさんばっかりだろ？」

ぼくがそう言うと「むさくるしい」という言葉がおかしいらしくて二人で顔を見合わせ

て高い声で笑って、それから、

「でも、馬がいませんよ、石上さん」

とミナちゃんの方が言った。

「馬はねえ、今は準備運動が終わって向こうの隅で待機してるの」

「馬が待機するんですかァ？」

「『休め』ってェ？」

石上さんはハッと口を開けて声のない笑いをして見せて、はるか奥に馬が集まっているあたりを指して、

「あそこにいるのが見える？

馬はねえ、『休め』はしないの。ずっと歩いてるの」

と言ったが、今度はイッちゃんの方が、

「アタシ、メガネ忘れてきちゃったァ。あんな遠いの見えない」

と言い出して、石上さんはぼくを見て「こういうやつらと二週間いたんだぜ」と言ってから、

「馬券買いにいくからついて来なさい」

と言って立ち上がった。

前半のレースなんてどうせまともに考えてもわからないようなレースばかりだから石上さんは来てすぐに競馬新聞の印を適当に外しながら買っていて、ぼくと石上さんが窓口に並んでいるあいだミナちゃんとイッちゃんは列の外に立って、きょろきょろまわりを見回しながら何かずっとしゃべっていた。

それでスタンドにもどって正面の大きなターフビジョンにゲートインする馬が映ると二人は「あ、映った、映った」で、スタートすると「走った、走った」で、最後の直線に入って馬がこっちに走ってくると「来た、来た」といちいちはしゃいでいたが、ゴール寸前にうしろから、

「差せッ！　差せッ！」

「6ッ！　6ッ！　来いッ！」

と、やたら気合いの入った声がかかり、ゴールとともにわずか数秒間の怒鳴り声が消えていくと、二人はあっけにとられて顔を見合わせて、少ししてちらちらとその方を見ながら笑い出した。

「ちくしょう、叫べなかったなあ」

石上さんは馬券を捨ててそう言って、「次は俺たちが叫んでやるよ」とミナちゃんとイッちゃんに言って、それで二人は「ヤダァ」とか言いながらもっと笑うことになるが、石

上さんはかまわず「行くぞ」と立ち上がった。

「ほら、ついて来ないと迷子になるぞ」

二人を促してパドックに歩いていきながら石上さんは「こいつらにはパドックで馬でも見せているのが一番だよ」なんて言っていたのだけれど、パドックに馬がいるのが見えると、ミナちゃんが、

「エッ？」

と、素っ頓狂な声をたてた。

振り返るとミナちゃんは目を丸くして、

「こんな小さいところで走るの？」

と言っている。

一周一〇〇メートル程度のアンツーカー・トラックのようなパドックを見て、ミナちゃんは次はここで走るんだと早とちりして勝手にびっくりしていて、石上さんとぼくがさすがに苦笑すると、イッちゃんが「ミナちゃん、――」と一声言ってそのままミナちゃんの肩によろめくようにもたれかかって笑い出した。それでもミナちゃんは意味がわからずにまだびっくりした顔をしていたが急に、

「はぁ、そうか、――」

と、ずいぶん間のぬけた声を出したかと思ったら次に突然笑い出してイッちゃんと二人で抱き合って笑いがとまらなくなった。

「今日一日、覚悟しろだな」

「何十回も来てりゃあ、こういう日もあるよ」

ぼくたちは二人が笑いやむのを待ってパドックの人ごみを掻き分けて前に出たが、馬を間近に見てもミナちゃんとイッちゃんは何も感想がない。二人は馬を前にしてもついさっきのミナちゃんの勘違いを思い出しては笑うだけで、やっと笑い終わるとイッちゃんが、

「あ、そうだ。ヨッちゃんって、電話してると急にまばたきの回数が減っちゃうの知ってた?」

と言い出した。

「ウッソー。そんなことしたら目が乾いちゃうじゃん?」

「そうなの。だからね、ちょっとたつと目が痛くなってパチパチパチパチッてまとめてまばたきするんだってェ。でも、またまばたきしなくなっちゃうのォ」

「ヤダァ」

「だからヨッちゃんね、長電話できないんだってェ」

「アッ、言ってた、言ってた。聞いたことあるゥ。ヨッちゃん、『アタシ、長電話すると

目が痛くなる』って言ってたァ。

じゃあねぇ、ヒロコって、国語の教科書にさわれないって、知ってた?」

「アッ、アタシ知ってる。それ聞いたことある。布《きれ》のカバーが不気味だって、言ってたァ」

結局二人はパドックが終わるまでこんな調子で、石上さんは二人をまたスタンドまでひっぱっていったが、歩きながら、

「女子高生っていうのは、別の生き物だな」

と、ぼくに言った。それでも第三者が聞いてこれほど意味のない会話はそうそう聞けるものでもなくて、ぼくにはそれがよくて石上さんに元気があるのはとにかくいいことだとか何とか言って石上さんも笑っていたが、こういう話がはじまるとミナちゃんとイッちゃんは馬が走るのも全然関係なくなっていた。

五レースが終わると次のレースまでは一時間の間隔がある。つまりそれが競馬場の昼休みで石上さんとぼくは二人をコースの中にある広場のような公園のようなところに連れていってそこで昼食を食べて、そのあいだも二人がしゃべりつづけるのを横に聞きながらこっちの二人はメインの〈クイーンステークス〉の話なんかをしていたのだけれど、昼食がすんでスタンドにもどると、

「石上さん、ずっとここにいますよね？　アタシたち、お散歩してきます。いいでしょ？」

と言って、ミナちゃんとイッちゃんはどこかに行ってしまった。二人は一時間たって一度もどり、また一時間いなくなってまたもどるの繰り返しでほとんど石上さんとぼくのところにいなかったが、競馬場から帰るときに出てきた台詞は、

「アー、おもしろかったッ。石上さん、また連れてきてくださいね」

だった。

「あいつら学校から離れてさえいれば楽しいんだよ」

と、石上さんが言ったのはたぶんそのとおりで、それからもミナちゃんとイッちゃんは競馬場についてくることになる。

それで月曜日にぼくはやっと工藤さんと食事をした。

朝出掛けるときにアキラのいない隙を見つけて、

「今夜はデートだから帰ってこないかもしれないけど、ヨロシクッ」

とよう子に言うと、

「ガンバッテネ」

と、あてにしていない笑い顔を返されて、昼すぎに喫茶店に行って工藤さんから、

「七時すぎなら大丈夫です」

と言われて、ぼくは「じゃあ」と言って少し離れたもう一軒別の喫茶店で待っていますと言った。

夏前まで三谷さんとよく入っていたところで店の中でかかる曲が夏前に急にロック中心に変わってしまってしゃべるのに邪魔だから行かなくなったのだけれど、はじめて二人で会うには少しうるさいくらいの方がいい。どんな話が出てくるのかもわかっていない相手と会うのに話がすらすら出てくるとはぼくはあまり考えなくて、かかっている曲の音に言葉が邪魔されて「えっ？」と訊き返すだけで一つの会話が二倍の長さになる、というのはまんざら冗談でもなくてぼくはそういう間がもたなくなったときの心配をすることになっているのだけれど、工藤さんは来ると柔らかく微笑み、

「今日はいつも一緒の人、来ませんでしたね」

と、自分から話をはじめた。

それはいいのだがぼくは何かもの足りなくて、「忙しかったんじゃないの？」と愛想の

ない返事をしてしまって、

「じゃあ、いつもは二人とも暇なんですか？」

という切り返しにも、「うん、暇だよ」と、笑いもせずに答えて、それだけでは素っ気なさすぎるから、二人とも忙しいのが嫌いなんだとつけ加えた。

「あ、そう――」

そう言って工藤さんは細めると黒目だけが奥でこっちを見るような目をして一度小さく苦笑したが、そのときかすかに歪めた口許がはじめてぼくが意識したあのときの感じになった。つまり「卑猥な感じ」だと思った口許なのだけれど、面と向かっていると「卑猥」という言葉は出てこないもので、ぼくはただこの口許と思い、それから、

「すいません。ちょっとぶっきらぼうでしたね」

と言ったが、工藤さんは気にかけていないようで、「あそこにいるときもだいたいこんな感じですよ」と言った。

「え？　そう」

「ええ、三谷さんでしたっけ？　あの人がいつもすごく一所懸命しゃべってるのに、前で『ふうん……』とか『そう……』とか言ってるだけで、ちゃんと聞いてるんだかどうかわからないんだもん」

そう言われてぼくはできるだけ愛想よく笑って「よく見てるね」と言った。

「だって、しょっちゅう来てるし、目立つし、――」

「いつも三谷さんが興奮するから――」

「そうじゃなくて、二人の組み合わせが目立つの。一人がすごく興奮してるのに、もう一人が冷めてるっていうかぶっきらぼうにしてるのって、けっこう目立ちますよ」

たしかにぼくはいまみたいについぶっきらぼうな態度をとってしまうところがあるが、工藤さんもこっちの反応をあからさまにうかがったり無理に笑い顔をつくったりするところがなくて、なんていったらいいか、しゃあしゃあとしている。それでぼくは工藤さんがいくつなのか知りたくなって年齢を訊いたのだけれど、二十七歳だということを知ってしまえばそれに特別な意味はなくて、やっぱり工藤さんの性格というかこの化粧や髪型の派手さがそうさせているんじゃないかと勝手なことを思ってみたが、工藤さんは、

「あたし、競馬のことは全然わかりませんけど、よくあんなにしょっちゅう話すことありますね」

と言ってきた。

仕事もしないで競馬の話ばかりして変なやつらだと思ってるでしょ？　と、ぼくは言ったが、工藤さんは三時間ぐらい雑誌読んでぼおっとしてる人もいるしいろいろだから……

というようなことを一度言ってから、

「でも、競馬の話だけじゃないみたいですよね」

と言った。

「え？　どうして？　競馬だけだよ」

「この前は東洋占星術かなんかの話、してたでしょ？」

「なんだ、全部聞こえてんじゃないか」

ぼくがそう言うと、工藤さんは「まあ、ねえ、——」とそこで間《ま》をおいて、少しだけ遠慮したような顔をつくって見せてから、

「筒抜け、——」

と言った。

「しょうがないよね、声がでかいんだから」

「でも、聞こえてきても退屈しないからいいんじゃない？」

「店の人がそういうこと思う？」

「え？　そう？」

マスターとかもう一人の子とかとそういう話したことないからわからないけど、やっぱり店の人間もそういうこと感じているんじゃないですか？

やっぱりねえ――、喫茶店のお客さんも従業員が聞いてて楽しい話、してくれないとねえ、――」

工藤さんの言い方も本気なのか冗談なのかわからないが、ぼくは「そういう風に考える人がいるんだよね」と言った。

「え？　どういうこと？」

「だから、『つまんない話ばっかりして、聞かされる身にもなってみろよ』って、――」

「誰だって、そういうこと考えるでしょ？」

「考えないよ。自分たちの話は自分たちの話で、他の人までそれ聞いて楽しんでるかなんて考えてないよ。

みんながそんなこと考えてれば、まわりの人の話はもっと聞いててもおもしろいよ、――」

と、そこまで言ってぼくはやっと調子が出てきたと思ったのだけれど、反対に工藤さんの反応が曖昧になっていた。

工藤さんは笑わずに一度視線をテーブルに落とし、それからぼくの肩ごしに漠然と視線を向けて数秒間そのまま視線を動かさなかった。はじめて話す相手に急にそんな反応をされても意味がわからなくて、ぼくは変なことを言ってしまったのかと不安になったが、と

りあえず場所でも変えてごまかすことにして、

「じゃあ、ご飯食べに行こうよ」

と言って、インド料理屋に入った。

別に決めていたわけではない。人ごみの中を何分も歩いて気まずくなったらどうしようと思うから目についた店に入ってしまっただけで、メニューにあったセットを注文したらチキンの骨付きなんかが出てきて、そんなものナイフとフォークでうまく分けたりできるわけがないからぼくは両手をべたべたにしながら食べて、途中から工藤さんも両手の親指と人差指をつかって食べることになるのだが、食べるペースが落ち着いた頃に工藤さんが
「さっきの話なんですけどね――」と言い出した。

「さっき、自分のしている話をまわりの人が聞いてるなんて考えないって言ったでしょ？」

「言った」とぼくは答えた。

「あたし、あれ聞いて思いあたったの」

工藤さんの口調は友達に対するのと同じになっていて、口調がそうなるのと一緒に声のトーンも少し低くなっていた。

「あたし、あそこお手伝いなのね。

前にいたところをお盆休みの前に辞めちゃって、お金のあるあいだブラブラしようと思ってたんだけど、マスターが知り合いでね。あたしがブラブラしてるっていうの聞いて、人が足りないからどうしても一ヵ月だけ手伝ってくれって頼まれちゃったの」

「ふうん」とぼくは言ったが、それだけでは愛想がないと思い直して「『前にいたところ』って？」と言った。

「え？　会社。

——っていうか三十人くらいの会計事務所。

あたし、転職ばっかりしてるから。

会社の中のことって、誰は誰とうまくいってるけど誰とはナントカだとかって、見えてきちゃうとわずらわしいでしょ？」

ぼくは「うん」と頷いた。

「——って、さっきまではそう思ってたんだけど、そんなことよりみんな善人だから困っちゃうんだ、——っていうのがさっきわかったの。

相手に向かって話したことは一度で伝わってるって思ってて、自分の電話なんかだとどんな話してるかまわりにはわかんないだろって思ってる人がけっこういるでしょ？

でも本当は全然そんなことないんだけど、そういう風に思ってる人っていうのは、じつは善良な人なんだってさっき思ったの」

「『さっき思った』――」

「うん、さっき」

　それでさっき工藤さんが曖昧な表情になった理由はわかったが、今度は「善良」とか「善人」という言葉の意味がよくわからなくて、ぼくはそういう態度をとるのは客が喫茶店の店員がこんな話聞いてもわかりっこないだろうと思っているのと同じで、たんに自分は偉くて相手はバカだと思っているだけなんじゃないかと言ったが、工藤さんは「だからそれが善人だって思わない？」と言い、ぼくはよくわからない顔をした。

「だからねえ、そういう善良な人っていうのは、自分が機嫌悪いときは機嫌悪い顔してて、うれしいときははしゃいじゃうの。

　感情がすごく素直に出ちゃう人っているでしょ？　それで自分ばっかりはしゃいじゃうんだけど、まわりはしらけるの」

「それは単純って言うんじゃないか？」

「単純、――？　あたしは違うと思う」

「じぁあ、素朴って言うのは？」

「素朴、――？　それならちょっといいけど、やっぱりあたしは善人がいい」

「――で、『善良な人は困る』」

「ええ、――。もっとはっきり言うと、嫌いなの」

そこまで言って工藤さんはほんの少しだけ攻撃的な雰囲気を見せてあっさり笑ったが、そんなところであっさり笑われてもこっちは困る。何しろなんでそんな話が出てきたのかわからなくて、ぼくは「なんで急にそんなこと言うの？」と言ったけれど、

「え？ だからさっき急に思ったから」

としか言わなくて、工藤さんはあの喫茶店のマスターは客商売をやっているくせに人前に出るのがものすごく苦手だとかそんなどうでもいい話に移っていた。

それでぼくは「善良」とか「善人」という表現が気にかかった状態で、「ふん、ふん」と頷いたり適当な合いの手を入れたりしながらそれを聞くことになるのだけれど、そうやってぼんやりと聞いていると工藤さんが低めの声でゆっくり話すのが、なんていったらいいかすごく安定した感じをつくり出していた。

工藤さんはぼくがはじめに卑猥だと思った口許もするし、目を細めてぼくの目をのぞきこむようにもするし、話の合い間に唇に軽く人差指を触れる仕草もして、そのつどこっちの胸には小さな波が立つような気分にもなるのだけれど、それもやはり安定した気分とひとつのもので、ぼくはただ工藤さんのペースにのって話を聞いていた。

まったくゆみ子が電話で言ったとおりでぼくは苦もなく相手のペースにのってしまうが、そうやって相手の話すのにばかり身を任せていると困ったことにこっちの能動性はなくなっている。つまり誘おうかという気持ちが働き出さないということで、もっともインド料理屋で誘うも誘わないもないと思うが、とにかくぼくはこんな感じのペースが自然なものになってしまってそれ以上のことが何も起こらないような女の子の友達が一人できたのならそれはそれでいいじゃないかと簡単に考えをその場に合わせてしまうところがあって、その晩は実際そんな具合になっていた。


結局十一時前に工藤さんと別れてしまったから部屋にもどったのも十一時半頃で、

「もどったよ」

と言うと、アキラが「なんだよ、早すぎるんじゃないのォ」とドアのところまで来て、ぼくは何も答えずにニヤリと笑ってやった。

「エーッ？　もうやってきたのォ？」

「やってない、よッ」

「ホントにィ？」

「ホントだよ」

「そんな顔するんだもん、オレ、てっきりやってきたと思っちゃったよ」

「うれしそうに言うなよ」

「いいじゃん」

アキラはいそいそという様子でぼくの先に立って歩いて「まあ、一杯」とジンのロックを差し出した。

部屋にはよう子と島田とそれにゴンタも来ていて、ゴンタはこのときもビデオを回していた。どれくらい前からなのか知らないがとにかくゴンタは三人が酒を飲んでしゃべっているのをずっと撮っていたのだろう。ステレオからはアキラがまたどこかから見つけてきたジャマイカかフィリピンかそのあたりの少し感じの違う英語を使うグループが歌っている日本の歌謡曲のテープがかかっていて、

「こんなのより、ストーンズの『ブラック・アンド・ブルー』の三曲目にしてくれ」

と、ぼくはアキラに言った。

三曲目の「チェリー・オー・ベイビー」はローリング・ストーンズがやっているレゲエで本物のレゲエよりもずっとおめでたくて、演奏も歌い方もラフでルーズなのだが、それが奇妙に好きな女の子のいるときの胸打つ鼓動を増幅させるような気がする。

「――？　こんなのより、トム・ウェイツとかルー・リードの静かな曲の方がいいんじゃないの？」

「ヤダよ。あんなのかけたら失恋したみたいじゃないか」

「そうじゃなくてさァ、気分に浸りたいって――」

「浸らないんだ、よッ」

　アキラに向かって顔を突き出すと、アキラは「えー？　そう？　気分に浸るっていいよね」と言って島田を見て、

「あ、島田さんに訊いちゃ悪いね」

　と言って、聖書を脇に置いて寝そべっている島田に蹴られた。

　ゴンタはずっとビデオを撮りつづけていて、ゴンタのカメラは三人のやりとりには無関心に、センサーか何かで無機的に動く防犯カメラのような動きをつづけていたのだけれど、よう子は目をはっきりと見開いて瞳を素早く動かしながらぼくたち三人の動くのを追っていて、アキラが大げさに畳に転がると、もう一度、アキラ、島田、ぼく、と順番に焦点を合わせて、そうして、

「どうしてみんな女の人のことになると、そんなに興奮するの？」

　と言ってきた。

そんなこと唐突に言われたって三人とも黙って曖昧に笑うしかないが、よう子は、

「モテない人たちみたい」

と、笑うでもなく、かといって真剣でもなくただ真っ直ぐに見て言った。

「だからモテないんだよ」

「――そうなの？」

「『そうなの？』って、そういう顔して言うなよ。

――でもそうなんだよ」

島田からはもう一年以上女の話を聞いたことがないし、アキラだってよう子がはじめてつき合ってもらえた女の子だと言うと、島田が、

「や、二年になる」

と言って、よう子が、

「ほら、島田さんうれしそうに言ってる」

と言った。

「長崎さんも山本さんも、会うとみんな必ずニコニコして『女がほしいッ』って言うんだもん」

「そんなこと、目を血走らせて言ったら、それこそ女が寄りつかなくなっちゃうだろ？

だからみんな、せめて顔だけでも笑って愛想よくしてるんだよ」

「じゃあ、心は？」

「――笑ってる」

よう子は口許の笑いを抑えながら瞳をまた素早く動かしてアキラと島田を見てからぼくにもどってきて、ぼくは、

「だからモテないときの方が居心地がいいんだよ」

と言った。

「じゃあ、今は？」

「好きな女の子がいるのはもっと居心地がいい」

そんなことを言っているとアキラが「でもゴンタはモテるんだよ」と、告げ口でもするように言って、

「あ、そうなの？」

と、ぼくがゴンタを見ると、ゴンタはビデオ・カメラをさっきと同じようにそっぽに向けてそれを無機的に動かしたまま、「それじゃあ、なんかボクだけバカみたいじゃない――」と言ったが、

「や、そうだ」

と、島田が素早くからだを起こした。

「や、人生っていうのは、モテない時期を一定期間送らないと、人格の奥行きが乏しくなる」

それだけ言うと島田はまた仰向けに寝そべってしまったが、ぼくが、

「いまの、ヤクザの社長の真似？」

と言うと、島田は、

「や、そう。――でも、つい出ちゃった」

と言ってから、こういうときにとってつけたように「人生」だの「人格」だのという言葉を声に出してみると案外気持ちいいもんだ、とわけのわからないことを言って唇の右半分で笑いをつくって見せた。

その笑いもヤクザの社長の真似なのだろうが、それまでの話の脈絡を無視した島田の反応の奇妙さにゴンタも無機的に向きを変えつづけていたビデオ・カメラの動きを一時とめて島田に向けていて、よう子は今度は島田の顔とゴンタのカメラを交互に見ることになるが、五回六回と瞳を動かしたあとで、

「ねえ、ゴンタさん。いままで何本ぐらいビデオ、撮ったの？」

と言った。

言われてもゴンタは島田にカメラを向けていたが、そのうちにゴンタは、

「ボクもこのあいだわからなくて数えてみたんだけど、百二十分テープで三百本ぐらいだった」

と言った。

「へえー」

「バカだよね」

「や、バカだ」

「ねえ？　そんなにどうするの？」

「――どうするかって全然考えてないわけでもないけど、――今のところは――」

「考えてないんだろ？」

「――、ええ、まあ」

ゴンタは百二十分テープを一日二本ぐらいずつ使っているのかもしれなくて、それだけを言ってしまったら偏執狂のようにも聞こえかねないだろうが、ゴンタを実際に見ているとそういうところは少しもなくて、馴れてしまえばすぐそばで撮られていても少しも気にならない。

もっとも気にならなくなるのと興味が薄れるのとは別の問題で、ぼくは撮られることは

気にならなくてもゴンタがそういう風にビデオを撮りつづけていることの方は一緒にいればいるほど興味が出てきて、つい目がゴンタにいってしまうのだけれど、一時すぎにダイニングのベッドによう子、いつもはぼくが一人で寝る六畳に島田が移ってきてアキラとゴンタがもう一つのみんながいつもいる八畳、という部屋割りで別れてしばらくするとゴンタが、ぼくの寝ている方に来て、

「あ、まだ起きてた」

と言った。

ぼくはスタンドのライトをつけて本を読もうとして読めずに外から聞こえてくる虫の音を聞きたくもないのに聞いていたのだが、見るとゴンタはまだビデオを撮っていて、急にみんなの寝ているところを撮りたくなったんだと言った。

「だって、写らないだろ?」

「——かなり暗くても写るんです。8ミリビデオって、すごく感度がいいから。それに写らないとしたら、それが寝るときの暗さっていうことだから、——」

「それはそうだ」

そう言ってからぼくはそれで今度はみんなの寝顔撮るのかと訊いたが、ゴンタはカメラをスタンド・ライトの光がかすかにとどいているあたりに向けながら、そうじゃなくてこ

の部屋自体が撮りたいんだと言った。

「前に、人がどういう風に自分の居場所をつくるのか考えるって、言ったことあったでしょ？」

「聞いたような気もする」

八月にいまこの部屋にいる五人で海に行ったときにたしかそんな話を聞いた憶えがあって、ぼくは砂浜でただぼーっとしていたことを思い出したのだけれど、ゴンタは、

「この部屋って、いつも四人がいて——、まあ、昼間は誰もいなくなるときとかよう子ちゃんしかいないときとか、いろいろあるけど——、だいたい四人がいますよねえ——」

と、いつものように人に聞かせるためにしゃべるのかビデオに録音するためにしゃべるのか判然としない独白のような調子でしゃべりはじめていた。

「四人が起きているあいだは部屋が四人で足りてるって思ってるんだけど、寝ちゃったらどうなのかって——。

たとえば映画なんかで、引っ越しが終わっちゃったあとにカラッポの部屋だけ映して、それにみんなが楽しそうに話している声をかぶせるっていう方法が、ありますよねえ。

ああいう感じと同じっていうわけじゃないけど、——部屋とかいつも歩いている風景とか、そういうのってどれくらいこっちが支配してるのかっていうか、こっちの感覚が届い

ているのかっていうか、——だから引っ越しのシーンとはやっぱり全然違うんだけど、——。

いつもいる場所に対して人がどういう関係のつけ方をしているのかっていうのを、映像と音で撮れるかどうかわからないけど——、やっぱり撮りたいと思ってるから、とにかくまずすべてのシチュエーションを撮ることにしてみよう——って。

——誰だったか忘れちゃったけど、写真の初期の頃に、街の様子を写真に撮ってみたら自分がそのとき写そうとしたものより、そのときには気がついてなかったものの方におもしろいと思うのが写っていた——っていうのがあったけど、その感じって今でも変わってないと思うし、——」

ゴンタの話は相変わらずというか前よりも迂遠《うえん》になっていたが、同時に実際にゴンタの撮った映像を見てみるしかないような話になっているところがある種の発展で、ぼくはそれでさっきは関係ない方ばっかり写してたのかと言って、ゴンタも「まあ、——」と肯定したのだけれど、

「それじゃあ、射撃の手ごたえじゃないけど、すぐうしろにある壁を意識するのと三、四○○メートル離れた中村橋の駅を意識するのは同じだと思う？」

と訊いてみた。ついでにいえば中村橋の駅はいまのぼくの向きからいうとうしろではな

くて前にある。

「わからないなあ――。――っていうか、ボクにはちょっとロマンチックな発想すぎるみたい」

「ロマンチック、――?」

「ええ、――。すぐうしろの壁っていうのは、見ていないものっていうか、見そびれているもので、――。中村橋の駅っていうのはここからは絶対に見えないものだから、――やっぱり対象のレベルとして全然違うものだから、――。ほら――、『プラス・イメージがプラスの結果を生む』とかっていう、けっこういい加減な考え方があるでしょ？　なんかああいうのとおんなじような感じがしませんか?」

ぼくは「そうなんだよな」と言った。

ゴンタは「ええ、――」と頷いただけだったが、ぼくの言った「そうなんだよな」はゴンタの言ったことそれ自体というよりもむしろゴンタの考えの方向とか筋道の方で、ゴンタというのは決して曖昧な文学的な筋道をたどろうとしない、というかそれを拒否する。だから迂遠なところと話の接ぎ穂がないようなところが混在して聞いていてわかりにくいと、ぼくはだいたいそのとおりのことを言ったのだけれど、ゴンタは一度表情を緩めてか

ら、

「――映像を抜きにして言葉をつなげてっちゃうと、言葉っていうのは本当に都合のいい方に流れていっちゃう――って、最近よく思うから――」

と言って、ぼくと話をしているあいだもビデオはずっと回していた。


ゴンタとそんな話をしていたからその晩はだいぶ遅くなってしまったが、どういうわけか次の朝は島田がまだ出掛ける仕度をして、よう子が猫にご飯を配りに出る用意をしている時間に目が覚めた。

誰かに起こされたのではなく自然に目が覚めると、あまり寝ていなくても眠くなくて、よう子から「早いのねェ」と言われて、

「うん、お早よう」

と答えたのがまた気持ちよかった。

「や、変にさっぱりした顔してる」

「そうか？

やっぱり恋をすると目覚めがいいんだよ」

「や、アキラに起こされなかったからだろ」

島田は見事にこっちの気持ちをはぐらかしてくれるが、アキラは隣りの部屋で向こう向きに胡坐をかいて何かしていて、ぼくが何してんだと言うと、

「あれェ？　もう起きたの？」

と一度振り返って、「カメラの掃除」とだけ言ってすぐにもとの姿勢にもどってカメラの掃除をつづけていて、ぼくは自分の寝ていた方のアルミサッシの引き戸を大きく開けて外に向かって伸びをした。

つい今しがた島田に恋をすると目覚めがいいんだと言った手前、目覚めがいい朝の行動をわざとやって見せたのだけれど、九月半ばの朝の空気の涼しさが胸のあたりに少し軽くない気分を呼びこんでぼくはこんなことしなければよかったと思ったが、それでも朝のさわやかさを装うことにしてしばらく外を眺める姿勢をつづけていて、そうしているとゴンタが外からもどってきた。

まだ八時前だというのにぼく以外の四人は四人ともすでに自分のペースで行動をはじめていておかしな連中だと思ったが、ゴンタは、

「こんなの拾っちゃった」

と言って、カシオの小さなキーボードをダイニングにいるよう子と島田に見せていた。

よう子は、

「ホントに収穫があるのねえ」

と言ってから、ぼくに聞こえるように「ゴンタさんって、朝早くビデオ撮りながら近所をまわるついでに、ゴミの中から使えそうなものを拾ってくるのが最近の日課なんだって」と言っていたが、ゴンタは、

「アダプターもついてるよ」

と言って、キーボードをコンセントにつないで、「あ、出る、出る」と、音を鳴らしはじめた。

音が鳴り出すとすぐにオレにもさわらせてとアキラが来たが、「拾った人が最初」と言ってゴンタはキーボードを弾いていて、好き勝手に弾いているらしいのに何となく耳あたりのいいメロディになっているのがおもしろくて、よう子が、

「それ、即興?」

と訊くと、ゴンタは黒鍵だけを弾いているとそれらしく聞こえるんだと言って、

「こういうのもできるよ」

と、今度は琉球民謡のようなメロディを弾いた。〝ドレミファソラシド〟から〝レ〟と〝ラ〟をぬいて弾くと琉球民謡風のメロディになるらしくて、弾きたがるアキラが真似し

たがアキラには弾けなかった。

「〃レ〃と〃ラ〃は弾かないんだよ」と言っているのにアキラは〃レ〃も〃ラ〃も弾いてしまい、「じゃあ、さっきのやつ」と言って黒鍵だけを弾こうとしたがアキラの弾き方は高低が極端でやっぱりメロディのようにはなっていなかった。

それでゴンタが「アキラ、やっぱり打楽器しか無理なんだよ」と言うと、アキラも「オレって、リズムで生きてるから」と、強がりなのか本当にそう思ったのかキーボードにさわるのをやめて、ぼくたちはコーヒーを飲み終わり、島田は一足早くいつものようにどこかわからないがどこかに出掛け、ぼくも含めて残りの四人はよう子を中心にして猫のエサ配りに出た。

よう子の持って出るのはプラスチックの皿が八枚、キャットフードの缶詰四缶、ドライフード一袋、ご飯が茶碗に二、三杯分、くだいた魚が一匹分、とここまでが食べる物で、他に水飲みの容器が二つに水を入れた一・五リットルボトルが一つ、それにもちろん缶切りと箸とミイとミャアのための使い捨ての容器が一つ、という両手いっぱいの荷物で、それをよう子一人ならもちろんよう子が一人で持って歩くがアキラがいれば半分はアキラが持つ。その朝はぼくが一緒だからぼくが半分持って、アキラとゴンタはそれぞれいつも持ち歩いているカメラとビデオ・カメラを持っていた。

そうして歩きはじめるとまだあまり高く上がっていない陽差しが建物や高い木にさえぎられているあいだは部屋の中と変わらない涼しさを感じ、さえぎるものがなくて陽差しがじかに当たるとこれからまた八月のように暑くなるかもしれないとも思うのだが、それよりも何という鳥なのか子どもの頃からどこに住んでも必ず聞いているのに名前を覚えない鳥が「クッククゥ、クークー」とリズミカルだけれど咽のあたりでくぐもった声で鳴いているのが聞こえつづけていた。

別に秋や夏の終わりにかぎらず初夏にも春にも朝早い時間に同じ鳴き声を聞くような気もするが、こっちの耳に入ってそれが印象に残るのはいつも夏の終わりからで、その「クッククゥ、クークー」という鳴き声を聞くとぼくは夏休みの終わりを思い出す。

ゴンタはこのときもぼくたち三人のうしろになったり前になったり自分のペースで歩きながら水平よりもほんの少し上にビデオを向けていて、アキラはよう子のまわりを右に行ったり左に行ったり前にまわったりしてちょこちょこカメラを覗いていたが、もうずいぶん撮ったせいかシャッターを押すことはほとんどなくて、よう子はぼくの数歩前をハミングのような歌い方で聞きおぼえのあるようなないようなメロディを口ずさんでいた。

最初のエサの場所になっている萱葺《かやぶ》き屋根の大きな農家に隣接した駐車場に近づく頃には、よう子の歌うのを聞きつけた猫が二匹どこから出てきたのか気がつくと足許に来ていて、駐車場の隅でキャットフードの缶を切りはじめると他にまた二匹こちらの様子を上目使いにうかがいながら寄ってきた。

次の朝も自然と早く目が覚めて、目が覚めると隣りの部屋からゴンタがキーボードを弾いているのが聞こえてきた。

ゴンタは前の晩もビデオを撮らずにほとんどずっとキーボードを弾いていて、アキラも「ゴンタ、しつこいんだよ」と、自分のしつこくて騒々しいのを棚にあげてそんなことを言っていたけれど、とにかくゴンタというのはビデオを撮ってもキーボードを弾いても一日中それればかりやりつづけるところがある。

ぼくは起きてダイニング・テーブルにいるよう子と島田とアキラに「今日も早いじゃん」と言われるのに「おう」とだけ答えて、ゴンタのところまで行って、

「変なやつだなあ」

と、少し感心もしている気持ちもまざって言ったのだけれど、ゴンタは、

「スティーブ・レイシーって、知ってるでしょ？」

と言ってきた。

「知ってるよ」

スティーブ・レイシーというのはもう三十年も前からフリージャズのサックスを吹きはじめて今でもずっと即興ばかりサックスで吹きつづけている人だが、ゴンタは、「スティーブ・レイシーがね、即興っていうのは『朝起きたらすぐに吹きはじめる、飯のとき以外一日中吹いて、夜寝るまで吹く』っていうようなことを言ったんです。

ぼくもその真似してみようと思って、——」

と言いながら指だけ動かしつづけていて、

「でもおまえ、楽器やんないんだろ？」

と言うと、平然と「ええ」と返事して、

「だけど、こうやってずっと弾いてると、どの鍵盤がどの高さって少しずつわかってくるし、——。

メロディの感じって、指使いの法則みたいなのでできてるみたいだし、——」

そんなことを言って、ゴンタはゆっくりして少しもの淋しいようなメロディを右手だけで弾いていて、右手が疲れると左手を使う。

ダイニングではアキラが「ね、絶対ヘンだよ」と言っていたが、ぼくはきのうの朝やった外気に向かって大きく伸びをするのを忘れていたからサッシの引き戸を開けて一回大きく伸びをして、そうしたからといって別におもしろくもなかったが、朝のさわやかさを楽しんでいるような顔をしてコーヒーを飲みはじめた。

それでよう子は猫のエサを配りに出掛ける用意をして、その朝はアキラも少し手伝っていたが、島田が、

「や、マタイの福音書があるじゃない」

と、突然しゃべり出した。

「朝から聖書かよ」

「や、朝の礼拝があるくらいだから、朝に聖書はよく似合う」

ぼくはあくびだけで返事をした。

「や、そのマタイの福音書の中に、イエスが道を歩いていて腹がへったっていうところがあるんだよ」

「イエスは食いしん坊なのか？」

「や、そうじゃない。この場面は腹がへってないと具合が悪いの」

「まじめに答えるなよ」

「あ、そうか」島田は一度短く笑ったけれど、すぐにつづきを話しはじめた。

「や、イエスが腹をすかして歩いているとさ、ちょうど道端にイチジクの木が生えててね、

イエスはそのイチジクの実を食べたいって思うんだ。

だけど、近づいて見たら実がなってないんだ。

や、ほら、『近づいて行かれたが、葉の他は何もないのに気づかれた』って——」

ぼくは声をたてて笑ってしまった。「葉の他に何もない」という聖書独特の写実的な書き方もおかしいが、イエスには生真面目に「気づかれた」と敬語を使っているのもおかしい。

「や、それでね、イチジクの実をあてにしてたイエスが怒ってさ、その木に向かって『おまえの実なんか、もう二度とならないようにしてやる』って呪いをかけるんだ。

そうすると、イチジクの木が見る見る枯れちゃう——」

島田がしゃべっているとアキラが「ねえ、行かないんなら、よう子ちゃんと二人で行っちゃうよ」と言ってきて、ぼくはあとから行くと答えた。

「ホントにィ?」

「ホントだよ」

「あてになんないからなあ」

「信じろよ」

「一日しかつづかないんだよ。

ゴンタはキーボード弾いてばっかりだし。オレだけじゃん、ちゃんと毎日行くのは」

「ちゃんと行くよ」

島田はだからこの話は、それからイエス様のお言葉の力でイチジクの木には実がならなくなりましたといった類の寓話ではないんだと言う。イチジクには今も実がなるんだからこれは寓話なんかではなくて、イエスがその木一本だけを枯らしたというイエスの力の例証なんだと、わかりきったことを力説していて、ぼくは、

「うん、ひどいお方だ」

と言った。

「や、無茶苦茶だよ。

マタイの次にマルコの福音書があるんだけど、マルコの方にも同じ場面があるんだよ。だけど、マルコの方だと、そのときはイチジクの実のならない季節だったって、書いてあるんだよ。

実のならない季節に勝手に実が食いたくなってさ、『実がなってないじゃないか』って怒るのって、あり？」

ぼくは黙って島田のしゃべるのを聞いていた。

「や、福音書っていうのはさ、マタイ、マルコ、ルカ、ヨハネって、つづくじゃない？

たぶんマタイが一番古くて、順番にマルコ、ルカって新しくなって、ヨハネが一番新しく書かれたんだと思うんだけど、――マタイが一番素朴で、ヨハネになるとすごくもっともらしい書き方になるんだよ。でも、もっともらしくなるとつまらないんだ。

マタイの福音書の中のイエスが一番おもしろくて好きなんだけどね。マタイの中のイエスっていうのは、すごく荒っぽいの。

とにかく、すぐに奇跡を使うんだよ。

や、たいていは病気を治すんだけどね、その奇跡で。

でも、マタイの中に書いてあるイエスの奇跡っていうのは、人徳の表現じゃなくて、〝力〟なんだよ。

奇跡を使ってさ、自分の〝力〟を見せつけて、まわりを強引に納得させちゃうの。『信仰さえ持っていれば山を海に動かすこともできる』なんて言って、だから奇跡は信仰の力だって言うんだけどさ、そういうのって荒っぽくてウソくさいよね」

島田は「奇跡を使う」と言った。奇跡といえばふつうは起きるもの、せいぜいが起こすもので、使うのは魔術なんかだと思うのだが、島田は「奇跡を使う」と言っていて、島田のイエスのイメージはそういう風にできあがってしまったらしいが、それから島田は、

「や、うちの社長みたいだよ」

と言って、ぼくは「そういうことだったのか」と言った。

「え？　何が？」

「だから、それで聖書を読んでたのか」

「や、違う。たまたまだよ。

でも、聖書読んでると、無茶で強引でウソくさい話が多いじゃない。

それなのに説得力もあるんだよ。

や、だからこの仕組みがおもしろい——って」

「そうか、おまえんとこのヤクザの社長は、旧約聖書の神のような、マタイの福音書のキリストのような人なんだな」

「や、だからウソくささと説得力が、ね」

それならクリスマスの夜にでも社長をキリスト役にした『マタイ伝によるイエスの生涯』という芝居でもやれば喜ぶぞとぼくは言ったけれど、島田はそれには笑わないで、

「や、ホント、そうなんだ。ウソくさいんだ」

と、もう一度言ってどこかに出掛けて行った。

それにしても島田の話を聞いて意外だったのは、キリストが人並み外れた力を持った人間だったということで、それまでちゃんと聖書なんか読んだことのなかったぼくはキリス

トのことを勝手に、徹底して無力な人間だったのだと思っていた。

　たとえばどんな不治の病いも治してしまう医者と全然病気が治せないのにいつでも行列ができている医者がいたとしたら、ぼくは全然病気が治せないのにいつでも行列ができている医者の方がすごいと思う。そういう医者には説明できない何かがあるはずで、そういうことこそ奇跡的なことだと思う。

　その何かとは何なのか、もっと別の言葉で説明しようというようなことをぼくは考えないようにできていて、つまりぼくは原因とそれに見合った結果という因果関係が嫌いで、ぼくはキリストのこともキリスト自身の持っていた能力とまったく関係なく不当に大きな虐待を受けてさらにその虐待と関係なく不当に大きな信仰を得てしまった、いってみればそれだけの人間だったのだと思っていたのだけど、島田の話を聞くかぎりキリストへの信仰の中心に実際に起こしたとされる奇跡があるのでは因果関係がはっきりしてしまって急につまらなくなった。

　因果関係のなさを出してくるなら三谷さんで、三谷さんという人は毎週毎週競馬の必勝法ばかり考えているのに、つぎこんだ時間や金や努力に対して不当に低い報酬しか得られない。だいたい人の努力や熱意というのはその過程である程度の成果を得て次の熱意が生まれるという種類のもののはずで、ほとんど成果が得られないのにもかかわらず毎週あれだけの熱意を持続させることができるというのもどこかが狂っていて、三谷さんという人の志向そのものが因果関係に無頓着というか因果関係に収まることを拒否しているように見える……。

と、こんなことを考えながら着替えをして、ぼくは隣りの部屋でずっとキーボードを弾いているゴンタに「じゃあ、よう子とアキラのところに行ってくる」と言って出掛けた。

それで午後には工藤さんのいる喫茶店でまた三谷さんに会って陰陽五行の先生の前世の話はあれからどうなったのか聞こうと思っていたが、それより前に石上さんから近くまで来たんだという電話がかかってきて、ぼくは石上さんの待っている喫茶店に行った。

ぼくが入っていくと石上さんは三谷さんと反対の気合いのこもったような「おうっ」という声を出して手を上げたが、向かい合わせに腰掛けた第一声は、

「弱ったよ」

だった。「弱った」とか「困ったもんだ」は石上さんの口癖でいつもは少しも弱ったり困ったりしているわけではないが、この日は顔つきまで少し「弱ったよ」の顔になっていて、

「女子高生が来ちゃったんだよ」

と言った。

「『来ちゃった』って、部屋に？」

「おう」

「二人で？」

「ミナちゃんだけ」

と言われて、ぼくはミナちゃんならきれいだからいいじゃんと無責任なことを言ったが、石上さんは「バカ言ってんじゃないよ」と言って、それからまた唇を突き出して「弱るよな」が出た。

「で？

やっちゃったの？」

「バカ、やらないよ」

「いいじゃん、やっちゃったって。

高校生同士がやってんだから、三十四歳のおじさんがやったっていいんだよ」

「おまえ、他人《ひと》のことになると強気じゃねえか」

「そうだよ。他人《ひと》のことだもん」

石上さんもぼくもいざとなると女を前にして手を出せないが、石上さんの場合それだけではなくて、寄って来られると逃げるというように頭が働くようになっている。だから石上さんが「弱った」と言っているのも相手が女子高生だからということにかぎらないが、とにかくぼくにしてみれば他人《ひと》のことだから、

「だって、したくて来たんでしょ？」

と言ったけれど、石上さんは相変わらず「弱った」の顔で、

「知らねえよ」

と言った。

「だから、俺の部屋なんかに二人でいてもしょうがねえからさあ。散歩でもしようって言って連れ出して、何て言ったっけ、ほら、外人のでかいオヤジが入口で待ちかまえてる店――」

「だって、制服着てんだろ？」

「敵はちゃんと着替えのセーター持ってきてるだよ」

「どこのなまりだよ、それは」

「なまるしかないだよ」

石上さんは自分でも馬鹿らしそうに鼻息で一回笑ったけれど、とにかくその店に入って

酒を飲んだんだと言った。

「で、ミナちゃん、酒が強えのッ」

「酔わせてどうすんだよ」

「ま、それは、アハハ」

石上さんは考えのなかったときにする笑いをして見せて、「だから酔ったら帰るかと思った」と言ったが、酔った女子高生を何て言い訳して帰すつもりだったのかなんてたぶん石上さんは全然考えていなくて、しかもミナちゃんが一度は石上さんの部屋にもどらなくてはいけないように鞄を置いて出てきていたのにも石上さんはずっと気がついていなかったのだが、とにかくミナちゃんはビールもジンフィズも水割りも飲んだのに少しも酔わなかった。

「しまいに俺の方が寝ちゃったよ」

と言って石上さんは上を向いて「アハハ」とまた笑って、ぼくも笑った。

「俺が寝てるあいだ黙って見てんだよな。あきれて帰ればいいのにな」

「そんなやついるかよ」

「帰ってくれれば楽じゃん」

「だから、そんな風にはいかないんだよ。だけど、起こさないところが健気《けなげ》だねえ」

「健気なんだよ。だからなおさら弱るだよ」

それで共通の話題なんかないだろうと思えば、あいにくというべきかイギリスにホームステイに行ったときの話がちゃんとあって、しかもそれだけではなくて石上さんの部屋にもどるとミナちゃんはドアーズだのジミ・ヘンドリックスだのヴェルヴェット・アンダーグラウンドだの石上さんが高校生の頃に買ったレコードを見つけて感動した。

「カッコいいって言われちゃったよ」

ぼくはそれまで女子高生というのはみんなアルフィーかサザンオールスターズぐらいしか聴かないものだと思っていたが、どういうわけかミナちゃんのように自分が生まれた頃に出ていたロックを聴く子たちがいるらしくて、石上さんは調子にのって七〇年代前半の野外のロック・フェスティバルの話までして、そのうちに眠くなってそのままカーペットの上で眠ってしまって、朝目が覚めたら毛布がかかっていたのだと言った。

「で、石上さんの部屋から学校に行ったの？」

「おう」

「遠いんじゃないの？」

「おう、ちゃんと自分で六時半に目覚ましかけて七時に出てったよ。『遅刻したらもう石上さんが泊めてくれなくなっちゃうから』だってさ。——だから、また来る気なんだよ」

「健気だねえ」

「笑いごとじゃねえよ」

「でも、結局せまられたりしなかったわけでしょ？」

ぼくがそう言うと石上さんは、

「ちゃんとバリヤーはってんもん。い、い、い、バリアー、を」

と、口を開けて「バリアー」の「ア」を引っぱって見せたけれど、次はわからない。自分からは手が出せなくても相手からせまられればついそれにのっかってしまうのも石上さんなのだから、ぼくはそう言って冷かしたが、ミナちゃんの顔を思い出すときれいでも幼なすぎて実際のところやっぱりリアリティがなくて、話すうちに石上さんの方もリアリティが薄れていくようで、石上さんと別れてぼくはそのまま工藤さんのいる喫茶店に行った。

行くと工藤さんはレジのところに立っていて、目と唇で笑いをつくってから、

「昨日、来ると思ってた、――」

と話しかけてきた。

石上さんのことを相手が寄ってくると逃げたくなると言ったけれどぼくにもそういうところがあって、工藤さんの声や話し方に少しでも重い調子があったらぼくは気が重くなっただろうが工藤さんにはそういう感じがなくて、ぼくは、

「来そびれちゃった」

と、理由にもなっていないことを口走って、それから坐ろうとする席の方を指差した。

「どうぞ」

工藤さんは普通にお客さんに言うように言って、ぼくは工藤さんが注文を取りにくるまでのあいださっきの「昨日、来ると思ってた、――」をもう一度頭の中で繰り返してみたが、「昨日、来ると思ってた。――けど来なかった」という事実以上の意味はやっぱり感じられない調子で、つまりは工藤さんは「こんにちは」と言うかわりに「昨日、来ると思ってた、――」と言い、ぼくも「来そびれちゃった」という挨拶をしたんだと思うことにした。

それで注文を取りに来たときに、「今夜は？」と言ってみて、工藤さんは、

「あんまり時間ないんですけど、いい？」

と答えて、ぼくがそれじゃあダメだと言うわけがなくて、この前と同じところで待ち合わせることにしたのだけれど、待ち合わせの店に入ってきたときの工藤さんの笑い顔はこの前よりも何ていうかずっとストレートでぼくとの距離がないように見えた。

ストレートだというのは顔全体でパッと笑ったからで、それが距離がないように見えたのはこっちの勝手な気持ちなのだろうが、派手な顔立ちをした女の子にストレートな笑い顔をされるとぼくはその笑いに少し攻撃的なものを感じてその分かすかに居心地が悪くなるのだけれど、それが嫌だと言っているわけではなくてむしろいい。

工藤さんはぼくの向かいに腰掛けるとすぐに、

「今日、水曜日でしょ」

と言った。

「あたし、あそこのお手伝いは月、火、水だから、水曜日が終わるとすごくうれしいの」

工藤さんの笑い顔はずっと変わらなくて、ぼくもずっとかすかに居心地が悪くて、実際はっきりしない顔をしていたのだと思うが、工藤さんはその笑い顔のままで、

「あ、ごめんなさい」

と言った。

「あたし、一人ではしゃいじゃってる。でも、喫茶店の仕事って、完全に時間に拘束されちゃって、もうほとんどそれしかないでしょ？　だから、月、火、水って三日やって、『これで終わりッ』って思うと、すごく自由になった感じがするの。やっぱり、二十七になって急にやる仕事じゃないわね」

「そりゃあ、そうだよね」

と、ぼくの返事は相変わらず間が抜けていたけれど、工藤さんの笑い顔はこのあたりで落ち着いた感じになって、

「あ、おといはごちそうさまでした。さっき言いそびれちゃった——。今夜はあんまり時間とれなくて悪いから、あたしが何かごちそうする」

と言ってきたから、ぼくは居心地の悪さが消えていくのを感じながらそんなこといいよと言ってから何時ぐらいまでなのか訊いた。

「——何時までって、はっきり決まってるわけじゃなくて、いちおう、十時ごろまでに行くとは言ってあるんだけど。友達の家に行って引っ越しの荷物整理の手伝いをしなくちゃならないの」

「お手伝いばっかりじゃない」

「そうなの。あたしが頼まれると断われないの知ってて、みんなあたしをねらってくるんだから」

友達というのは工藤さんより二つ年上で結婚しているのだが半年前から別居状態なんだと言う。男の方から勝手に出て行ったくせにその友達が離婚しようと言っても「それは……」と言うだけでいっこうに話し合いをしようとしないから彼女は部屋を出て行くことにしたのだと言って、

「だから善良な人は困るっていうのよ」

と言ってきた。

「そういうのを善良な人っていうの？」

「おかしいかなあ——。あたし変な言葉の使い方しちゃうから——。

でもね、カレが出て行った理由は、気持ちが冷めたとか他に女ができたとか、そういうことでしょ？　でもカレがきちんと離婚しようとしない理由は、手続きとか慰謝料とか、離婚したらもう会えなくなっちゃうからとか、そういう問題がいろいろあって、はっきりさせるのが困るって思ってるからだと思うのね」

「困る？」

「そういう人なの。困ると逃げちゃうの。

だからそのカレにしてみればね、出て行ったことも自分の気持ちに正直っていうことだし、はっきりかたをつけられないのも自分の気持ちに正直だっていうことだと思うのね——」


工藤さんは語尾を少し上げて「——思うのね」と言い、ぼくは「なるほど」と言った。


「そういう自分の気持ちのことしか考えていない人って、自分がまわりに迷惑かけたり不愉快な思いをさせたりしていることが、わかってないでしょ？——わかんなくていいって思ってるのかなあ？

どっちでもいいけど。

夫婦やるんだったら、自分の気持ちに正直なだけじゃあ困るって思わない？

夫婦は会社とおんなじように一つの社会だと思うのね。

たとえばの話なんだけどね、旦那さんが死んだあとで引き出しの中からたいしたもんじゃないけど意外なものが出てきて、奥さんがそれ見て、あの人がこんな趣味を持ってたなんて知らなかったって思うの。

でも知ってても興味ないからその話はしなかっただろうなって思うの。いちいちそんなこと話題に出されてたらうっとうしくて喧嘩しちゃってたかもしれないから、黙っててくれてよかったな、って。けっこう二人はうまくいってたし、って。

あたしの言う善良な人たちだったら、こうはならないと思うでしょ？」

ぼくは頷いて聞いていたが、工藤さんの表情も口調も何か自分の考えを真剣に伝えようとするのとは違って、恋人かそうでなくてもごく親しい友達に今日どこかで目にしたささいなことでも話しているような調子で、実際ぼくは途中から工藤さんの唇と頬の動きに漠然と焦点を合わせたままそんな話を聞くような気分で聞いていた。それで工藤さんが、

「じゃあ、ご飯食べに行きましょ」

と言ったとき、ぼくはこのまま聞いていたいと思い、話が途切れたことを少し残念に思ったのだけれど、ぼくたちは和食の店に入って懐石風なのか小さい皿がいろいろ並ぶのを頼んだ。

ぼくが「ビール飲む？」と言うと、工藤さんは「あたし車だから」と言い、その友達が所沢だから送ってあげるというような話が出て、ぼくは、

「友達、落ちこんでる？」

と、訊いてみた。

「ちっとも――。

方針が決まっちゃったから、バシバシに元気よ。

どっちも選べないとか、どっちに動いたらいいかわからないって、一番嫌でしょ？

でも、いまは荷物まとめたり、することがいっぱいあるから元気なの。

たった二年でも夫婦の荷物ってすごいのね」

「そうだろうね」

「あきれちゃう量よ」

ぼくは夫婦の荷物のことではなくて、「することがいっぱいあるから元気なの」という言葉に対して「そうだろうね」と言ったのだが、それについて言い直して説明するつもりはなくて、

「引っ越し、必要なら手伝うよ」

と言ってみた。

工藤さんはあっさりと「いいの」と答え、それでもぼくは「男手なら他にもあるから──」とつづけて、ついでにアキラや島田の話をしようかと思ったのだが、工藤さんはもう一度「いいの。大丈夫」と言ってから、

「あたし、大型の免許も持ってるの」

と言ったから、こっちの話はつづかなかった。

「へー」

「だから仕事が何もなくなったら、タクシーかトラックの運転手でもやれるかな、って。本当よ。

あたし、車の運転は少しも疲れないから」

男が車が好きと言うとぼくは単純に〈ドライブ──→デート〉という連想をするが、女で車が好きというのは何故だかデートから遠くなるイメージでたぶん〈運転──→自立〉という実に雑な連想をしているのだろうけれど、ところでぼくは免許を持っていないから、

「おれなんか免許持ってないもん」

と言うと、工藤さんは「へー」と、さっきぼくが言った「へー」をわざと真似して言ってきた。

「免許のない男の人とはじめて会ったかもしれない」

そう言って工藤さんは少し珍しそうにぼくを見たが、工藤さんの声の調子には言葉でそう言った以上の意味が感じられなくてぼくは少し安心した。

デートは男の運転する車でするものと思って疑わない女の子が少なからずいて、そういう子に運悪くぶつかって「免許がない」なんて言うとその子は一瞬黙りこんで見てはいけないものを見てしまったような顔になって気まずいことになる。ぼくはぼくで運が悪いと思っているが向こうは詐欺に遭ったぐらいに思っているはずでそういう女の子とうまくい

ったことはないし、その面からはぼくも一応ひけ目を感じる材料を持っていることになるが、どんどん自分で運転する工藤さんは、珍しそうな顔のまま、

「どうして取らないの？」

と訊いてきた。

「おれ、人からものを教わるのが嫌いだから」

工藤さんは口許にはじめて見たときの笑いをつくりながら三回四回とわざとらしく頷いて、「まあ、東京だったら車がなくても不便はないしねえ」と言った。

「でもたまに不便に感じるよ」

「そう？」

「だからデートに誘いにくいっていうのがある――」

「まあ、でもドライブだけでおしまいっていうのも多いから――」

「それからカーセックスができない――」

と言ったら、工藤さんは笑わずに真っ直ぐにぼくを見て、

「女の子の車に乗せてもらって、すればいいんじゃない？」

と、こっちが予想しなかったことを言ってきた。

それでぼくは急にアキラになってしまったみたいに頭を掻いて、「や、それはやっぱり、

ちょっとずうずうしいから、——」と、島田みたいな口のきき方をしてしまったが、工藤さんは、

「免許がないだけでも、充分ずうずうしいんじゃないのォ?」

と、今度は笑いながらそんなことを言って、ぼくははじめてそういう考え方もあるのかと思い、うまい切り返しを思いつかずに工藤さんの口許を見た。


帰りは工藤さんの車で送ってもらうことになった。

ぼくは運転しないから誰の車でも助手席か後部座席にしか乗ったことがないが、女の子の運転する車の助手席というのはいつも落ち着きの悪いもので、目がどこを見ればいいのか手をどこに置いておけばいいのかいちいち不自然になっているような感じがするのだけれどそれが嫌だというわけではない。落ち着きが悪いと言いながらそれが嫌ではないというのもさっき工藤さんの言った「ずうずうしさ」のあらわれなのかもしれないなどということも思ったが、とにかく途中から、

「いまおれの部屋に四人、同居人がいるんだ」

と、ぼくはそれまで話しそびれていたアキラやよう子の話をはじめることにした。

「そんなに広いところに住んでるの？」と、工藤さんは前を見たまま少し大げさな声の調子で言った。

「まさか。

男がおれ以外に三人で、女の子が一人なんだけどね。

女の子のよう子ちゃんっていうのはこれが相当きれいな子なんだけど、台所にベッド置いて寝てて、アキラっていうよう子ちゃんのいちおう恋人ってことになってるやつとゴンタっていうのが片方の部屋で、おれともう一人島田っていうのがもう片方の部屋で――」

それでアキラは騒々しいやつでよう子は近所の猫にエサを配ってゴンタはビデオばっかり撮っていて島田は寝てばかりいて、とそんな話をはじめればキリがなくて、中村橋の一つ手前の練馬駅ちかくの商店街の切れたところでぼくが「それ左ね」と言うと、工藤さんは、

「部屋の前までつけられるの？」

と言った。

「うん、一本裏道だけど楽に入れる。

――みんなの顔見ていきなよ」

「送るだけだもん。

寄ってると遅くなっちゃうから、また今度にしとく」

「車、停めておけるよ」

「そう――」

工藤さんは空返事をした。

「よく車停まってるよ」

「そう――」

「一台くらい停めても邪魔じゃないよ」

「そう――」

「一晩停めてることもよくあるよ」

工藤さんは笑い出して「いいってばァ」と言った。

それでアパートの前に着くとちょうどよう子が部屋の中に立ってからだ一つ分だけ開けたアルミサッシの引き戸から外を眺めていたところで、ぼくが車の中から手を振るとよう子はハッとした顔をしてからだを乗り出して、

「どうしたのォ?」

と、大変なことでも目撃したような声を出した。

「送ってもらったんだ。

――工藤さん」

ぼくは車から降りながら工藤さんの名前だけ言って、まだシートに坐っている工藤さんに「寄っていくしかないよ」と言ったが、そうしているうちによう子のうしろからアキラが首を出して、

「アレェッ？」

と、よう子より素っ頓狂な声をあげて、そのまた横には島田とゴンタが少し驚いて人のよさそうな顔になって立っていた。

それを見るとぼくは何か急にうれしくなって、「あれがアキラとゴンタと島田」と、いちいち説明しなくてもわかると思ったから三人まとめて工藤さんに言って、

「ちょっとだけ寄ってきなよ」

と、もう一度言ったが、そのときには工藤さんも少し困ったように笑いながらシートベルトを外していた。

アキラが「車で来るとは思わなかったよねえ」と言えば、島田が「や、意外な登場だ」と言い、「連れてきちゃったねえ」とまたアキラが言えば島田も「や、ホント連れてきた」と言うがその横からよう子が「連れてきてもらったんじゃない？」と言い、アキラの「何ていう車？」に島田は「赤だ」で、ゴンタが「ゴルフ」と口をはさみ、「オレ、お行儀よ

くしよう」には「や、無理だ」で、ぼくはだからさっき話したのはこういう連中だというつもりで、

「ねっ」

と言って、建物の裏側にある入口に向かって工藤さんと歩き出した。

「なんか、すごいの、――」

「あいつはいつでもああだから――」

「アキラ君だけじゃなくって――。四人とも反応がストレートなんだもん」

「善良なやつらだって?」

「よくわかんない」

入口のある側にまわるとすでにアキラがドアを開けて顔を出して「早くきなよ」と大げさに手招きしていて、工藤さんがドアのところに立つと、「どうぞ、どうぞ」とわざとらしく靴を揃え直して見せて、工藤さんが靴を脱ぐよりさきに「ボクがアキラ君で、この人がよう子ちゃんで、それからこっちが島田さんで、あっちがゴンタ」とみんなの紹介までして、「工藤さんはここに坐ってください」とダイニング・テーブルのまわりにある椅子の中で一番いい椅子を引いた。

ダイニング・テーブルといってももともとが何にでも使えるような板一枚に脚のついた

テーブルだから、まわりの椅子も籐椅子ありディレクターズ・チェアありビール・ケースの二段重ねありで、アキラはその中でただ一つまともなダイニング・チェアらしき椅子を工藤さんに引いて、そうしているとよう子が「飲み物、何がいいですか？」と訊いて、

「え？　アルコールじゃなければ何でも――」

と、まだ坐りかねている工藤さんが答えていると、アキラは「みんなが坐らないと工藤さんが坐れないじゃん」と言ってぼくを角に坐らせ、工藤さんの隣りがよう子で、それから「島田さんはこれ、ゴンタはこっちにしな」とみんなにいちいち椅子を指したが、ゴンタは「オレ、ここでいい」と言ってベッドに腰掛けた。

「ゴンタァ、一人だけ離れちゃつまんないよ」

「だって、五人分しかないじゃん」

「オレ、立ってるからいいよ。ゴンタ坐んな」

「いいよ、オレはここで」

「じゃあ、ゴンタはそこでキーボード弾いてな」

「いいよ」

「ねえ工藤さん、ゴンタはねえ、きのうからずうっとキーボード弾いてるんだよ」

そんなことまでぼくは工藤さんに話してなかったから工藤さんは意味がわからなくてこ

っちを見るだけで、ぼくが「きのうの朝、ゴンタがゴミの中からキーボード拾ってきたんだよ――」とまで言うと、アキラが、

「――でね、ゴンタそれからずうっとキーボード弾いてんの。ヘンでしょ」

と言ったが、工藤さんはそれだけではやっぱり意味がわからなくてアキラとぼくとゴンタを順番に目だけゆっくり動かして見ていたが、アキラが「それでねえ」とぼくに顔を近づけて、

「島田さんもゴンタの真似してソプラノ・サックス吹き出しちゃったんだよ」

と言ってきた。

「なんだ、それ。

今度はサックス拾ったのかよ」

「違うの。島田さん、持ってたの――」

「よう子、わかんないこと言うなよ」

「だから、島田さんソプラノ・サックス持ってたの」

「や、昔ちょっとやったことあって、持ってたんだ」

そこではじめて島田がしゃべった。しかしはじめて島田がしゃべるのを聞いた工藤さんには島田の早口がわからなくて、

「――？」

　と、困った顔をしてぼくを見た。

「気にしないでいいよ。最初は誰でもわからないんだから」

「や、だから、昔ちょっとやったことあって、持ってたんだ」

　島田は正面にいる工藤さんにまた同じ早口で話しかけ、やっぱり工藤さんが聞き取れない顔をするからぼくは「『昔ちょっとやったことあって、持ってたんだ』――って」と繰り返したが、よう子が「ウソばっかり」と口をはさんだ。

「え？」

「すっごく下手なの」

「ゴンタのキーボードより、か？」

「ぜーんぜん」

「や、今朝ゴンタがスティーブ・レイシーの話、してたじゃん。あれで急に思い出したんだ」

「え？」

　島田はよう子の言うのを無視してこっちにしゃべり、工藤さんはちょっとよう子を見てから「え？」と島田に向かって少し身をのり出し、それでまた島田は工藤さんに向かって

同じ台詞をまったく同じ口調でしゃべり、今度は工藤さんはこっちを見て「え?」と言って、ぼくが、

「今朝ゴンタがね、スティーブ・レイシーっていう、フリージャズのソプラノ・サックス吹いてる人のね、――」

と、わざわざ説明していると、島田は、

「や、聞いてるうちに馴れるよ」

と、あたり前の顔で言う。

それでまた工藤さんは「え?」となるが、これは「あ、あぁ――」とワン・テンポおいて意味がわかって、

「でもあたし、馴れるまでいられないから――」

と、愛想笑いのような誤魔化し笑いのような笑いをつくりながら言うと、よう子が、

「すぐに帰っちゃうんですか」

と訊いた。

「ええ、これから友達のところに行かなくちゃいけないから」

「や、泊まってけばいい」

「え?

——あ、あぁ、『泊まってけ』？　——でも」

「だから、これから友達のところに行くって言ってんじゃんか。しゃべるのが通じないんだから、せめて聞くのぐらいちゃんと聞いてろよ」

「島田さん、ボケ老人みたい——」

「ボケ老人に失礼だよ」

そんなことを言っているとアキラがキーボードとソプラノ・サックスを持ってきて、キーボードをゴンタの膝の上に、サックスを島田の前に置いた。

「へえー、すごくきれいなのね」

ソプラノ・サックスを見て工藤さんが感心していると島田は「や、そうなんだ」と言って、それを何の気なしに手にするという風に手に取って、黙って見ているとそのまま口に持っていきそうでぼくは「吹くのかよ」と言ってよう子を見た。よう子を見ればついでに工藤さんの案外期待しているような微笑も目に入るが、

「やめといた方が、——」

とよう子が言ったのよりアキラの、

「ねえ、島田さん吹いて見せて」

という声の方が大きくて、島田は「や、じゃあ、ちょっと」とサックスを口にあてた。

「すごいんだよ。びっくりするよ。二人とも全然別々なことやってんの」

「そうなの、――」

「だから、吹かなくていいよ」

「でも、ちょっと聞いてみたい、――」

「あなたはまだこいつの性格がわかってない――」

「や、ほら、布《きれ》詰めてあるから、うるさくない」

ソプラノ・サックスの広がっている口には手拭いなんかが詰めてあって、それで音が小さくなる。しかしぼくの言いたいのはそんなことではないから、

「そんなことじゃないよ」

と言ったが、言い終わる前に島田はやたら高くて間のぬけた音を鳴らしはじめた。屋台のチャルメラよりもしまりのない音で、島田が吹きはじめるとゴンタはゴンタでゆうべからずっと弾いているゆっくりしたメロディらしきものを弾きはじめた。

「ホントにバラバラじゃないか」

アキラはギャハハと笑って「だからオレ、すごいって言ったじゃん」と言う。

「アキラにそそのかされてどうすんだよ」

「これ、夕方からずっと二人でやってたのよ。

——でも、たまァに合っちゃうの」

「即興はそんなに合うもんじゃないですよ」

ゴンタは自分の手許だけ見ながら平然とそんなことを言っていて、ぼくは「そういうレベルじゃないだろ」と言った。

「でも、キーボードは案外いいんじゃないの？」

「ずうっとこうなんですよ」

「黒いところだけ弾くんだって」

「あ、島田、目をつぶっちゃってるじゃんか」

「さっきからそうなの」

「吹くときは目とじちゃうんだって。

目つぶっちゃうから合わないんだよね」

「なんだよ、それ」

「エーッ？　目つぶっちゃったら、よく聞こえないじゃん」

「アキラだけだよ、そんなこと言うのは」

「エーッ？　よう子ちゃんもよく聞こえないって言ったよ」

「違うってば。アタシは『目つぶって聴いたら、何の音か全然わからない』って言ったの」

工藤さんはよう子を見て、「今日はじめてやったの？」と訊いた。

「二人ではね。——でも、ゴンタさんはゆうべもやってたんです」

「明日もやるのかなあ」

これは質問というよりもっと漠然とした疑問のようだったが、よう子が「さあ——」と首を傾げてこっちを見るから、ぼくは「こいつらのことだからやるんじゃないか」と答えた。

「まあ、島田は飽きてもゴンタは飽きないよ」

「どうして？」

「ゴンタはそういうやつなんだよ」

「でも、やってるとけっこう気持ちいい、——っていうか、病みつきになる感じがありますよ」

ゴンタがそう言い、ぼくはだからゴンタはこういうやつなんだと工藤さんに言った。

「病みつきになりやすいの？」

工藤さんの口許にはあのときに見た笑いがあり、ぼくはそれをいいと思うことより、工藤さんが楽しんでいると解釈してほっとするのだが、ゴンタはずっとキーボードを見ていて、もっとも工藤さんの口許を見たとしても同じ反応をするのだろうが、とにかくゴンタは少しも表情を変えずに同じようなメロディらしきものを弾きながら、「でも、たまに合うとすごく気持ちいいですよ」と言って、ぼくは、

「『たまァーに合うと』、ね」

と、「たまに」を強調した。

「ええ、でも一週間もやってればもっと合うようになるんじゃないかな」

「『一週間』ね」

「ええ。

——あと、南米のフォルクローレに使う、ドスンドスンっていう皮の柔らかい太鼓があるでしょ？　あれなんかがまじってもけっこう合うんじゃないかって——」

「合う？」

ぼくが力を入れて発音して見せてもゴンタは平然と「一週間で合うから」と答えるだけだったが、そのとき島田の吹く音が突然安定した。

中音部から高音にうねるように上昇してその高い位置で同じ音を吹きつづけるのが不思議によくて、一瞬からだをとめて島田の吹く音を聞いてしまったが、よう子や工藤さんを

見るより前にまたふらふらした音にもどって、それでぼくは安心して肩の力がぬけた。

「まともな音がすると驚くなァ」

「たまァに、こうなるの」

『たまァに』な。

でも、ホントに迷惑なやつらだよな。合えば合ったで驚くし――」

「あたしも、ちょっと緊張しちゃった。

本当は島田さんって、けっこう上手だったりして――」

「工藤さん、おだてないでください」

「でも、持ってたんでしょ？」

「そう言われると。

ねえ、――」

よう子が答えにつまっていると島田が吹きやめて、「や、そうなんだ」と言い出した。

「なんだよ、急に」

「や、だからそうなんだ」

「何がそうなんだよ」

「え？　だから、ね。

カンさえもどれば――」

「――島田さんは吹いているあいだ、何か考えてるんですか」

「や、なんで、そんなこと訊くの？」

「え？

ただ、考えるのかなって思ったから――」

「や、まあ、考えないな」

島田はもっともらしい顔をして言ったが、およそ島田には考えるというのが似合わないからぼくは島田が考えるのかなどということを考えてみたこともない。ゴンタはいつも何やかや考えていて、アキラはたまに考えちゃったという感じで考えるけれど、島田には「考える」という言葉の意味がかなり普通と違うように見えるから、つまり島田はものを考えないようにできているとぼくは思っていて、工藤さんも曖昧な笑いを浮かべて、

「ふうん」

とだけ言い、それから、

「あっ、あたしそろそろ行かなくちゃ。

――ごめんなさい」

と言って立ち上がった。

「えっ？　もう行っちゃうの？」

と言ったアキラの口調は何といったらいいのか、案外あっさりしていて、こういうときアキラは無理に引き止めるような言葉を言うことができなくて、よう子が「また来てくださいね」と言うと、アキラは、

「車、気をつけてね」

と言って、おそらくアキラのする笑いの中で一番自然な笑顔を見せて、ぼくは工藤さんと一緒に外に出た。

出るとまわりからはカン高く鳴く虫の音がしていて、来たときにはいろいろなことを考えていたから気がつかなかったのだろうがこのときはいつもと同じように鳴いているのが聞こえていて、ぼくはそれを聞くうちに場違いな感傷を感じはじめて何もしゃべらなかったのだけれど、工藤さんが、

「みんなのバラバラな感じがいいわね」

と言ってきて、「みんな、協調性はゼロにちかい、――」と答えたのだが自分でもずいぶんぶっきらぼうで愛想がなく聞こえた。

そしてまたそのあとで生まれた短い沈黙のあいだにぼくはその場違いな感傷を持てあましながら、いまさらのように肩を抱くタイミングやキスをするタイミングを見つけようと

していたのだけれど、停めてある車の手前で部屋を見ると中には島田とよう子がいてこっちを見ていた。

ぼくは姿を消せと手振りで示したが島田もよう子もただ笑っていて、工藤さんもわかっているくせに、

「どうしたの?」

と、口許にあのときに見た笑いを浮かべてぼくの顔を覗きこみ、ぼくは、

「しょうがないよね」

と答えた。

それで工藤さんは「また、来週ね」と言ってあっさり車を走らせて行ったが、もどると四人がテーブルのまわりにきちんと坐っていて、島田が、

「や、いいじゃない」

と言い出した。

「島田さん、気合い入れて吹いちゃったんだって」

あれで気合い入れたと言われても困るが、ぼくが言い返すより先に島田がまた「や、目と唇が色っぽい」と言った。

「島田さん、好きになっちゃってたりして――」

「——色っぽいっていうか、ああいう顔って、スケベそうとか、けっこう言われますよねえ」

と言ったのはゴンタだが、ぼくはそういう顔が好きなんだと言い、そう言っていると、よう子が「アタシの友達にもそういう風に言われてた子、いた」と言い出して、ぼくは反射的に、

「その子、モテた?」

と訊いてしまったが、よう子はぼくのテンポにのらないで「そうねえ——」とだけ言った。

「仲良かったのか」

「仲? すごく良かった」

「じゃあ、わかるだろ」

「や、真剣になってる」

「——電車なんかでいやらしい目で見てくるおじさんがいるでしょ? だから、自分の顔あんまり好きじゃないって言ってた」

「そんなこと、いいじゃないか」

「——でも、よう子ちゃんの友達って、高校生の頃とかでしょ? それはやっぱり傷つく

っていうか、――」

「や、それはそうだ」

「――そういうんじゃなくてねえ。

ウジウジしない子だったから、カレもいたし、けっこうちゃんと遊んでたけど。

――遊んでるからとかそういうことじゃなくて、おませって、あるでしょ？」

「おませ？」とぼくは訊いた。

「――だからねえ、何て言ったらいいのかなあ、――考えてることが大人でびっくりしちゃうことがあるの」

「や、そういう子いる」

島田が相槌を打ってよう子の話はそれで終わりみたいだったが、ぼくはその子と工藤さんを完全に同一視していたからもっと聞きたくて、もうちょっとわかるように説明してくれと言い、よう子は少し困ったような面倒くさいような顔をして考えてから、

「――だからねえ、じろじろ見られて育つと、他の子たちより早く大人になっちゃう、――っていうか」

と、またそこで少し考えて、

「――女の子は人に見られてるって思うことが大人になることなの」

と言った。

「それを言ったら、男だってそうだろ？」

「だって、エッチな感じが全然違うもん」

ぼくは大げさに声をたてて笑ってしまい、島田は黙って頷いていた。

「――でもね、そういう風に見られるのに負けなくなる、――っていうか、見られてるの知ってて平気になるの」

よう子の話はそれ以上つづかなくて、島田は「や、その子、今度呼ぼう」なんて言っていたが、気がつくとアキラが一人静かにしていて、「アキラどうしたの？」と訊くと、アキラは、

「オレ、サービスして疲れちゃった」

と言った。

4

ところで島田とゴンタの即興の真似事のような演奏はそれから十日ぐらいつづくことになる。

島田はもともとソプラノ・サックスを持っていたくらいだから二、三日もやっていれば少しはまともな音を出すようになるだろうと多少の期待もしていたが、一週間たってもはじめの晩とまったく変わらなくて、話を聞いてみたらソプラノ・サックスは誰かからの預り物だった。

そのことは島田もずっと隠していて、「ジャズ研にでもいたのか?」と訊いても「や、まあ、ちょっと」、「ブラスバンドにいたのか?」にも「や、まあ、ちょっと」で、こっちもそれ以上詮索してもしょうがないと思うから島田の思わせぶりな「や、まあ、ちょっと」に漠然と納得していたのだが、いつまでたってもあんまりにも進歩がないことに自分

であきれたのか退屈したのか、島田は自分から、

「や、ホントは何もやってなかったんだ」

と言って、このサックスは前に人から預かったんだと言った。

島田は「や、みんなを期待させといた方が平和じゃない」などと弁解のつもりなのか何なのかそんなことを言ってもいたが、しかしそれもどうかわからなくて本当はあるとき急にソプラノ・サックスにあこがれて衝動的に買ったものでないとも言い切れない。何しろ島田は矢田というやつが撮った自主映画を札幌で見て、それで自分も映画を作りたくなって東京に来て矢田と同じアパートにまで住んでいたくせにとうとう映画を全然撮らないで今に至ってしまったような人間なのだから、ソプラノ・サックスも買うだけ買ってすぐに放り出したということもありえない話ではない。

その十日のあいだに島田の吹くサックスの音はまったく進歩がなかったけれど、ゴンタのキーボードから出てくる音はずいぶん人並みになった。二日目の朝にたしかゴンタはメロディなんて指使いの規則性の問題だというようなことを言っていたと思うが、実際ゴンタにはどんなメロディを弾きたいというようなイメージのようなものはなくてメロディらしく聞こえた指使いだけを覚えて、そのバリエーションを増やしたり広げたりしていったらしい。

そうやって島田とゴンタは毎晩食事が終わると十二時ごろまで二人でめったに合うことのない音を出しつづけていたが、夜のあいだじゅう鳴っている音にはすぐに馴れて、むしろ二人の出しつづける音で外の虫の音が消されていいくらいで、ぼくとよう子とアキラは適当にしゃべったり、しつこく寄ってくるアキラの手を振りほどいたりしていたのだけれど、意外なことに二人がそれだけ楽器をいじりつづけているのにアキラは島田とゴンタの仲間にはまったく入ろうとしなかった。

はじめのうちこそぼくは見栄はってないで仲間に入れてもらえよなどとアキラに言っていたが、アキラの返事はいつも「気をつかうから」とか「けっこう二人で仲良くやってるから」とか煮えきらなくて、そのうちにアキラは自分から、

「オレ、子どものときからゲームってしたことないの。だから、人と一緒に何かできないんだ」

と言って、見栄でも意地でもテレでもなくてただ性格の問題だったということがわかった。

「でもアキラ、おまえよう子が猫にエサ配って歩くのは手伝うじゃんか」

「だってあれは、オレ、エサとか持って歩いてるだけだもん」

「それだって、充分に一緒にやってることになるよ。立派な共同作業だよ」

「そんなこと言われたら、オレ、できなくなっちゃうよ」

と、そんな話をしていたらよう子がおもしろそうに笑って、

「アキラ君ってねえ、お皿出したり缶詰切ったりする手順がちっとも憶えられないのよ」

と言ってきて、そう言われてアキラは、

「ほらっ」

と、うれしそうにぼくに向かって笑った。

アキラの笑いはしばらくつづいていて、ぼくはアキラの笑い顔を見ながら、

「才能だなあ」

と言った。

「それって、オレのことほめてんの？　けなしてんの？」

だからおまえはほめることとけなすことが一致する稀有な人間なんだとぼくはもう何度も言った台詞をまた言って、アキラは、

「うん、だからオレ、人と一緒はダメなの」

と、ぼくやよう子ではなくて自分を納得させるように言ったのだけれど、つまり才能というのは人が普通に期待される範囲からずれているもののことぐらいかもしれなくて、アキラが人と一緒に何かができないのが自分なんだと思っているのならぼくはそれを否定し

ないが、別にそれにこだわらなくてもアキラはアキラのはずだ。

人がそれによって何らかの自分らしさがつくられていると思っているものはいくつかあるが、それが一つずつなくなっていってもそんなものはたいした問題ではなくて、やっぱり自分は相変わらずだと感じるようにできているのだと思うのだが、とにかくアキラはゴンタと島田の即興の真似事には入らなくて、その反動なのかアキラは一時あまり熱心ではなくなったこともあるよう子の猫のエサ配りに必ず一緒について歩くようになった。

よう子は一ヵ所ごとにドライフード一皿、缶詰をご飯にまぜて一皿、魚があるときには缶詰はご飯にまぜずに魚をご飯とまぜて、それに水をもう一つの容器に入れて出すのだが、よう子が言ったとおりでアキラはそれだけの手順を全然憶えられなくて、夕方はともかく朝はぼくも一緒にいるものだから自分は完全によう子とぼくから離れて写真を撮ったりもっとぼんやりとよう子とぼくのやることを眺めたりまわりを見たりしているだけで、よう子がぼくに猫のことをいろいろ話すのにも割り込んではこなかった。

それでそこにぼくがいるのはぼくに協調性があるからなのではなくて、誰か人の決めた手順にそって何かをやるのが楽しいと思うからで、その辺の感覚は競馬場にいてレースの進行に合わせてパドック―スタンド―馬券の窓口を行ったり来たりする感覚とたぶん似ている。

競馬場だったら毎週土曜と日曜の二日間それをするのが習慣のようになっているし、よう子とエサを配るのも何日かつづけるうちに朝の日課のようになったという、そういうことなのだけれどそれでも形のうえでぼくはよう子を手伝っているのだし、よう子にしてみればエサを配っているときに自分が憶えたり考えたりした猫についてのいろいろなことを話す相手がいるということに変わりない。

　白一色だとか黒一色だとか黒トラだとかシッポが長いとかすごく短いとか、その程度のことなら誰でも一目見ればわかるが、よう子のエサに集まってくる猫たちは四ヵ所の合計で十五、六匹で、そのうちの六匹が黒と白の二色の柄だから、よう子はそれぞれの猫の模様の入り方や仕草の違いをぼくに話す。

「——この猫はねえ、ご飯が出るの待ちきれなくて、『ニャアニャア、ニャアニャア』催促するから、アタシ『ニャアニャア』って呼んでるの」

「こっちの子はアタシがご飯出すのを、いつも黙って坐って待ってるの。さっきもそうだったでしょ？　それで食べ終わるとしばらく、じっ、て、アタシを見るの。もっと食べたいわけでじゃあないんだけど、じっ、て見るの。——ほら、見て。目がアーモンドの形してるでしょ？　これがいいと思わない？」

「この猫は一回り小さくて、背中の黒いところがね、おなかの内側の方までつづいてるの。

――そこ。ずうっと黒いところがつづいてるでしょ？　この子は気紛れでしょっちゅう食べにくる場所が変わるの。

ニャアニャア？　ニャアニャアはもっと顔が下ぶくれなの。正面から見るとホント顔の下半分がふくれてるんだから。――それにねえ、ニャアニャアは最近腰のまわりに肉がついて、けっこうたくましくなったのよ」

「この子はすぐにわかるでしょ？　ニャアニャアとか他の黒白とかは、黒いところがちょうど目までぐらいとか目の下までかかってるのね。だけど、この子のは目のちょっと上のところで切れてるの。だからおでこのところ見て。坊っちゃん刈りにしてるみたいでしょ。

それでこの子は、ほら、食べ方がすごく上手でしょ？　他の猫みたいにお皿の外に散らかさないの。きれいに舌ですくってるでしょ？　きっと舌が長いんだと思うの」

と、つまりこれが黒と白の柄の猫たちの見分け方で、よう子にこう説明されても次の朝になるとぼくはまた見分けられなくなっているのだけれど、猫たちを手なずけたのときっと同じようによう子は次の朝もまたその次の朝もぼくに猫の違いを話しつづけてとうとうぼくも憶えてしまうことになる。

よう子に一番馴れている鼻のところの黒いハナクロも含めてこの近所に顔の上半分と背中とシッポが黒で他の部分が白の猫が多いのは、たまに見かける道の真ん中を堂々と歩く同じ柄のボス猫がたくさん子どもをつくって歩いているからだというのはよう子がよく口にする推察だけれど、その猫のシッポが中途半端な長さだからその子どもと思われる猫もだいたいシッポが似たような長さというか短さをしていて、よう子の言うように柄の入り方や目の形を注意して見ないと見分けられない。

見るあるいは見えるというのはそういうもので、よう子のようなガイドに見るところを教えてもらわなければこっちにそんな違いは見えてこない。というこの考えはじつはぼくのものではなくて、春先にゆみ子が電話で「猫に関心のない人には街の中を歩いている猫が見えていないのよ」と言った台詞をそのままあらためて自分で確認しているだけのことなのだけれど、ぼくがそんなことをよう子に言うと、よう子は、

「猫が見るのも変なの」

と言い出した。

「猫って、人間よりも何十倍とかって耳と鼻はいいけど、目はあんまりよくないって言われてるでしょ?」

「でも暗いところでもよく見えるって言うじゃん」

「――だけどそれは、暗いところを苦にしないっていうことでしょ? 視力はだから、明るいところでも暗いところでも〇・五とかそんなものなの。

だから、きっと猫は目よりも耳と鼻の方を信じてると思うのね――」

ぼくは「なるほど」と言った。

「それでね、アタシがこうやってご飯持ってくるでしょ？　そうしたらもう近づいただけで、アタシのサンダルの足音と声がね、猫たちには人間が目で見るのと同じくらいはっきり聞こえてて、いつもご飯をくれる人が来たってわかってるはずなのに、必ずアタシのこと、見るでしょ？」

「見るねえ――」

「でも本当はわざわざ見る必要なんてないと思わない？　だって、人間だったら目で見て間違いないって思ったら、もう耳やニオイまで使って確かめようとはしないもん」

ぼくは「ふん」とか「ふう」とか、言葉ではなくて咽の振動だけの返事をした。

「それにね、ボス猫のクロシロもね――、あの猫はアタシよりだいぶ前歩いてても、アタシの足音が聞こえると必ず一回振り返るのね。でもわざわざ振り返って見たって、目悪いんだからちゃんと見えてないって思わない？

耳で聞いたんだから充分なはずなのに、どうして目で見るんだろう――って。

アーモンドの形した目の子も食べたあとでアタシのこと、じって見るでしょ？

目で見るって、やっぱり猫にも特別なことなのかなァ――」

それでよう子の話は終わったらしくて、ぼくは、

「そんなことといつも考えてるのか？」

と言った。

「え？　いつもじゃないけど――」

「いつもじゃないけど――？」

「猫ってこっちにしゃべってくれないから――。

アタシの方でいろいろ手掛かりを探してみるの。

――ね」

と言いながら、よう子は屈んでいた自分の膝にからだをすりつけているハナクロを撫でて、ハナクロはよう子を見上げて絶妙なタイミングで「アー」と鳴いた。

「お、相槌打つじゃんか」

「相槌じゃないんだもんね。ちょうど鳴いちゃったんだもんね」

「アー」

「この子、おかしいでしょ？　やっぱり、こういう、人にカン違いさせてくれる猫って好かれるわよね」

「カン違い――、か」

「うん。

――ね。だって、猫は人間みたいには考えないんだもんね」

ハナクロはまたよう子を見上げて「アー」と言った。


そうやってぼくは朝寝坊をしなくなったのだけれど、毎朝一時間半くらいかけて猫のエサを配って歩いていれば会社に行く時間はそれまでと変わらなくて昼ごろに出ることになるが、会社というところは特別その日のうちに片づけなければならない仕事でもないかぎりいてもすることがなくて、ただ会社にいるというのもそれはそれである種の意志を必要とすることでぼくにはそういう意志がないから二時間もたつと工藤さんに会いたくなって、ぼくは打ち合わせに出るような顔をしたりあるいはたまには半日息ぬきをしてきてもいいでしょというような顔をしたりして会社から抜け出した。

といっても喫茶店ではない。あれから一週間して工藤さんのいた喫茶店には新しいアルバイトが入り、工藤さんは喫茶店の手伝いから解放されて毎日ぶらぶらと過ごすようになっていた。ぼくは工藤さんが喫茶店に行かないでよくなった最初の日に工藤さんの住んでいる下高井戸まで行って、駅の近くの喫茶店で工藤さんと会った。

まだぼくは工藤さんとは少しも恋人のようになっていなくて、それなのに住んでいるところの駅まで行ってしまうなんて自分でもずいぶん子どもっぽいことをしていると思ったけれど、会いたいと思うとテレや決まり悪さよりもからだがそっちに向かうようにできているからしょうがない。

月、火、水、と工藤さんは引っ越した友達の新しい部屋の整理を手伝ってばかりいたから、一度も喫茶店の外で会えなかったというのが言い訳になるかどうかわからないが、とにかく工藤さんはその喫茶店にジーパンTシャツに黄色のウィンドブレーカーという格好で入ってきて、というか忙しく飛び込んできていきなり入口の小さな段差につまずき、「キャッ」と声をたてて、つまずいたその勢いでぼくの向かいに腰掛け、

「あたし、いつもここで足ひっかけちゃうの」

と化粧っ気のない顔で笑った。

朝からずっと部屋を片づけていたから化粧もしていなかったという顔は子どもっぽさと生《なま》な感じがまじり合っていて、それが気持ちの距離をやけに近く感じさせるのだけれど、突然そんな表情をされてもぼくは困る。そんなときにいちいちあの晩よう子の言った、男の目で見られることと見られているのを知ってて平気になるとかいう台詞を思い出してい

るわけではないが、この化粧っ気のなさをどこまで工藤さんが意識しているものかわからなくて、それがわからないからこっちは「好き」という気持ちをどこまであらわしていいかわからない。

だからぼくは工藤さんが、このあいだ引っ越した友達が夫婦生活用に揃えた所帯道具に囲まれて狭いだのうっとうしいだの言いつづけているけれど別れたら独身だった頃のイージーな感じを完全に取りもどしていてやっぱり夫婦というプレッシャーはあったのかもしれない、なんて話すのを曖昧に笑ってぶっきらぼうな受け答えばかりしてしまうのだが、そのうちに、

「島田さん、まだソプラノ・サックス吹いてる?」

と訊いてきて、そのときはまだゴンタと島田の即興の真似事はつづいていたからぼくは「吹いてる」と、これもぶっきらぼうに答えた。

「島田さんって、変。ああいう人には、あたしまだ会ったことない」

「変なんだよ。あいつは」

「あたし、いろんなところに勤めたでしょ?　だからすぐどんな人かって、判断つけるくせがついたのね。外れることもよくあるんだけど、いちおう判断しちゃうのね――」

「善良な人間かどうかって?」

ぼくがそう言うと工藤さんはちょっとからかわれたように笑って、「あれは違うの」と言った。

「あれは論外っていうことなの。

あたし、この人は善良って思ったら、それ以上その人のこと想像しないもん。

——もっとも、善良な人たちっていうのはすごく不用意にいろんなこと言うから、とんでもないところで足ひっぱられたりして、一番タチ悪いんだけど」

ぼくがあの晩のよう子の言ったことをはっきり思い出したのはこのときなのだけれど、工藤さんは「——だからあたし、いちおう判断しちゃうのね」と話をつづけた。

「アキラ君なんかだと、いつもこういうことしてるってすぐにわかるっていうか、あの子、——なんてちょっとなれなれしいけど、あの子は『いつもこういうことしてる』って思ってほしくてああいう風にしてると思うのね。——半分本当で半分自分をつくっちゃってるでしょ?

——ゴンタ君っていう子はきっとあたしがいてもいなくても関係なしに、ああいうことしてるんだと思うのね。——て、言ってもあたしカンを働かせてるんじゃないの。みんなの反応見たりしてそのままそう思っただけなんだけど——。

でも、島田さんの場合、どうしてこんなことするのかとか、他のときはどういう顔しているのかとか、全然わからないの――」

「島田はああいうやつなんだよ。いつもああなの。

　アキラなんか子どものときからやたら自意識が強くて、まわりとうまくいかなかったとかそういうことの個人史の固まりみたいなもんだろ？

　だけど島田はねえ――、あいつの場合、やってることの動機もなければそれまでの個人史とのつながりもないからねえ――」

「個人史」なんて、わかったようなことをつい口にしてしまったけれど、ぼくは相手について自分で知っていること以上の部分を想像で埋め合わせたりしているのかどうかよくわからない。というかたぶんそんなことはしていない。過去の総体としていまのその人間があるという理屈はもっともらしいからつい「個人史」などという言葉を持ち出してしまったが、結果が原因に見合ったものかそれとも不当に大きいか不当に小さいかなんてその場になってみなければわからないんだから、過去や原因は説明にはならない。

　それに工藤さんの言っていることも、そんな、アキラやゴンタや島田の過去を問題にしているのではないのだから、ぼくはつまらないことをもっともらしく言ってしまったと思ったが、工藤さんは、

「――そういう人って、いるの？」

と言い、ぼくは、

「だから、島田がそうなんだよ」

と言った。

そんな話をしてその日は会社にもどってまた次の日にぼくは下高井戸まで行って今度は少し遅い時間の昼食を二人で食べて、土、日は競馬があるから会わなくて月曜日に渋谷駅から「今日もそっちまで行っていい?」と電話すると工藤さんは「暇なのねえ」と笑ってから、

「うちでご飯食べる?」

と言ってきて、それでぼくははじめて工藤さんの部屋に行くことになった。

工藤さんに言われたとおりに下高井戸の駅からの道を歩くとしばらく行ったところに工藤さんがいつものように化粧っ気のない顔にラフな格好で待っていて、

「あそこ」

と、工藤さんの指差したビルは事務所なんかも入っている殺風景な建物で、「わかりやすいでしょ」と言われながら八階の広めのワンルームに入ると、部屋自体も手前のテーブルとベランダ側に置かれたベッドとその中間のゆったりとしたスペースの他にはほとんど何も目につかなくて、ぼくは工藤さんに促されるままにテーブルの椅子に腰掛けながら、

「あっさりしてるね」

と言った。

「あたし、ごちゃごちゃ物置くの嫌いだから——」

「でも、テーブルの上にはいろいろ置いてあるよ」

「テーブルの上は歩くのに邪魔にならないもん。

ねえ、焼きソバだけど、いいでしょ？」

「うん」

工藤さんは「具いっぱい入れるから」なんて言ってすでに切りおわってボールやザルに入っていた野菜を炒めはじめていて、ぼくは工藤さんがてきぱきと動くうしろ姿を見ていた。

ぼくは女の人が手馴れた動作で何かをするのを見ているのが好きで、それを見ているとはじめて入った部屋にいるときの小さな緊張もなくなっていくような気がするのだけれど黙っていてもしょうがないから、

「この前、部屋片づけたって言ってたじゃない——」

と、工藤さんのうしろ姿に向かって話しかけた。

「ええ」

「片づけるようなものなんか全然ないじゃん」

「ベッドの位置変えたの。

窓側ってねえ、夏のあいだは西陽が当たってベッドがすごく熱くなっちゃうの。だから
そっちに寄せておくの」

と言いながら振り返って一方の壁を指して、ついでに食器棚とテレビとステレオの位置
もちょっと動かしたというようなことを言っていて、ぼくは、

「外、見ていい？」

と訊いた。

「いいわよ。

——何でそんなことわざわざ訊くの？」

「——だって、ベッドがあるから悪いかなって」

「気にしない」

と工藤さんは歌うように言って、ぼくがベッドのところから外を見ていると、

「ベランダに出れば？」

と言われて、それでぼくはベランダから少し曇った空や離れたところに建っている高い
ビルやそのずっと先の山を少しのあいだ見ていたが、下を見ると低い民家ばかりが密集し

ていてその低さとの対比で八階のベランダにいるのが怖くなって、

「おれ、高いところ怖いんだ」

と言って中にもどった。

工藤さんは「そう？　気持ちいいじゃない」と言うだけだったが、そのうちに焼きソバができあがって、テーブルの上の物が邪魔だから向かい合わせに坐るより、ぼくたちは横長のテーブルの同じ側に少しからだをねじるような姿勢で「ハ」の字に腰掛けて焼きソバを食べはじめた。

工藤さんはぼくがこぼしたニンジンやシイタケを「よくこぼすわねえ」とつまんで自分の口に入れてその指を一度下唇につけて舐める。そうするとき目と唇のかすかな笑みがあのときに見た卑猥な感じになっていて、ぼくはそれに導かれるように今ここで抱きしめたりしたくなるが工藤さんの仕草がただの親しみの表現なのかそれ以上のものなのかわからなくて、そんなことを考えてしまうとからだは動かないが、食べ終わってコーヒーを飲んでいるときに工藤さんが「何時？」と言いながらテーブルの隅にあった腕時計に手を伸ばした動作で顔が近づいて、キスをした。

ずいぶん下手なキスだと自分で思ったがとにかくキスはキスで、そこで拒まれなければあとは部屋の中なのだから、抱きあい、セックスをして、そのあとで工藤さんが、

「咽、渇いちゃった」

と言って、裸のまま冷蔵庫のジュースを取りにいく姿をベッドから見ていると、工藤さんのうしろ姿はお尻が上がって脚がきれいに伸びていた。

胸が大きめなことはTシャツごしにわかっていたけれど、脚がきれいでお尻が上がっているのはそれまで気がついていなくて、ぼくはベッドに頬をつけたままそのからだが動くのをただただ目で追ってしまったのだけれど、そうしていたぼくにジュースを入れたグラスを差し出し、足許に落ちていたTシャツを拾おうとして深く前屈みになったとき、工藤さんのその大きめの胸が紡錘形に垂れた、というか、ぐーっと下に伸びた。

工藤さんはぼくの脇に腰掛け、ぼくの手からグラスを取って二口三口とジュースを飲んで、「冷たくておいしい」と言い、

「昼間こうしてセックスするのいいわね」

と言った。

「いいね」

「髪の毛、ぼさぼさになっちゃってる」

「シャワー入れば平気だよ」

「そうね。

──おちんちん、いじっちゃお」

「じゃあ、おれも胸いじろッ」

「だめ」

工藤さんはぼくの手を制して握り、「したあとって、そこ感じすぎちゃうの」と言った。

それでぼくは工藤さんの長い指をした手で左の手を握られたまま、さっきぐーっと下に伸びた胸をただ見ていたのだけれど、そうしながらあのときぼくは「かなしい」と思ったことを知った。

それを「かなしい」というのはおかしいのかもしれないが、ぼくはきっとあのとき工藤さんのからだに流れた時間を思い、その時間が流れていくことに言葉が必要になって「かなしい」と思い、だからその「かなしい」というのは工藤さんのことなのではなくて、こうしているあいだにもみんなに共通に時間が流れていることの意味なのだろうけれど、それでもそれをぼくに知らせたのは工藤さんでぼくは感傷でもない性欲でもない、ただ工藤さんを思う気持ちが胸の中で膨らんでいくのを感じた。

工藤さんはまだベッドに頬をつけて黙って胸を見ていたぼくを覗きこんで「どうしたの」と言い、ぼくは「胸を見ていた」と答えた。

「ここ、すごく陽が入るでしょ？」

「うん、もうだいぶ陽が低くなってるしね」

「カンカン照っちゃってると、本当はまだけっこう暑いんだけどね。もうそろそろいいかなって」

「あそこよりこっちでできる方がいいよ」

と言ってぼくは夏のあいだベッドが置いてあったという壁のところを指差し、工藤さんは、

「そう？　じゃあ、八月じゃなくてよかったわね」

と言った。

それが月曜日でぼくは金曜日まで一週間つづけて部屋にいき毎日セックスをして、ぼくがセックスっていうのはやり出すとそればっかりになると言うと、工藤さんは「いいんじゃないの？　やりたいんだから」と笑って答えるくらいで、そういうことなら昼間会社を抜け出してセックスするのがしばらくのあいだは日課になるのだろうと思ったのだけれど、会社にいるはずの時間が工藤さんと一緒にいる時間にかわっただけだからそれまでの生活の他の部分には影響がなくて、夜には部屋でみんなといたし朝にはよう子とアキラと一緒に猫にエサを配って歩き、土曜と日曜は競馬場に行った。

競馬場に工藤さんが来なかったのは誘ってみてもまったく行きたそうな様子をしないからで「いい」と言われればぼくはそれ以上誘わない。日曜日にはあれからも毎週女子高生のミナちゃんとイッちゃんがついてきていて、二人は最初のときと変わらずまったく競馬にも馬自体にも興味を示さず二人でしゃべるかどこか歩きまわるかしているが、それでもとにかく石上さんとミナちゃんの変なつき合いはつづいていて、二人のいない土曜日にぼくはあれからどうなったと石上さんに訊く。

「おう、俺の部屋で社会のレポートかなんか書いてたよ」と答えてきたのは前の土曜のことで、十月に入って競馬場も中山から府中の東京競馬場に替わったその週は、

「来週は中間試験なんだってよ」

と言って「アハハ」と笑った。

ミナちゃんがはじめて石上さんの部屋に行ってから三週間、一週目は前に話の出たあの一度だけだったが二週目三週目とミナちゃんは石上さんの部屋に二度ずつ行くようになった。と、ぼくが週で計算するのも少し変だろうが石上さんの話となると日付の計算が競馬式になるから仕方なくて、二週目三週目と話を聞いてみるとミナちゃんは石上さんの部屋に妙な具合に自分の日常生活というか学校生活を持ち込みはじめたらしくて、

「俺の部屋で中間試験の勉強するんだってよ」

と、石上さんが言った。

「あんなところでできるか?」

「できるんだよ。それが」

「だいたい、きたないじゃん」

ぼくがそう言うと石上さんは「それが最近はきれいなんだ」と言う。

「ミナちゃんがさあ、セックスできないもんだから体力が余っちゃって、掃除ばっかりしてるんだよ。

もうカーペットなんかスベスベだよ」

石上さんというのはどういうつもりなのかこういう話まで笑い顔でできてしまう人で、それまで男一人で汚れるに任せていた部屋を女の子が片づけてもいっこうに気にしない。適度にちらかっているのが俺の部屋なんだとか片づけられたら女の痕跡が残るなんてこだわるところが少しもなくて、汚れてもそのまま片づけられてもそのままで「アハハ」と笑っているだけだが、試験の話にもどって、

「だからさ、俺が教科書とかノートとか見ながら問題出してやるんだよ。

『ハイッ、それでは江戸幕府の第八代将軍は誰でしょう』——ってさ」

などと言って、ミナちゃんの持ちこんだペースと適当に折り合いをつけはじめているよ

うだったが、次のレースの発走を待ちながら、

「ま、ああいう年頃っていうのは人恋しいんだな」

と言い出した。

「ほら、みんなガキどもが図書館に集まって勉強したりしてるだろ？　あいつら、一人にさせておいてもボーッとしてるだけなんだよ。きっと。図書館なんかでさ、まわりも自分と同じことしてるっていうのが確かめられるとかさ、俺の部屋なんかで自分の勉強してる姿を俺に見てもらってるのがわかるとかさ、そういうことが必要らしいんだッ」

「すげえじゃん」

「あたりめえだよ。あいつらの頭の中ぐれえ、手に取るようにわかる」

石上さんは前に新入社員が入ってきたときも同じ台詞を手振りを入れて言ったことがあったが、いまも目の前に広げた手を力をこめて握って見せる同じ動作をした。もともと自分の型やペースにこだわらないというかそんなもののない石上さんには誰が寄ってきても困るところがなくて、それから、

「でもさ、変なオヤジたちと酒飲んでくだらねえ話聞いてやってカラオケ歌ってるのより、

よっぽどいいぞ」

と言った。

「まず、したいこととしたくないことがはっきりしてていいよ」

「それから？」

「――？

それだけ」

石上さんは「アハハ」と笑ってごまかしたが、そんなことを言っていたら次の〈新馬戦〉に出る馬たちの中にシービークロスの子どもがいるのを見つけた。

シービークロスというのはそのときから数えて六、七年前に走っていた馬で、石上さんは最近ではほとんど馬に特別な思い入れをすることがないが、シービークロスで勝ったときにはその金でスーツを買いに行って、「ネームは？」と訊かれて『シービークロス』にしてくれ」と言った。

取った馬というのはつい好きになるものだが石上さんにとってシービークロスは取っても取らなくても好きな馬で、そのシービークロスの子どもが〈新馬戦〉に出ているのを見つけて、前評判も何も関係なく石上さんはシービークロスの子どもから馬券を買った。

〈新馬戦〉というのはその名のとおりはじめて走る馬たちのレースだが、いくらはじめて走る馬ばかりだといっても、血統や馬格や調教の具合から早くもダービーまで行けると言われている馬もいるし、走る前から生涯で一度勝てれば上出来だぐらいにしか見られていない馬もいて実際それがほとんどなのだけれど、それでも一度は走ってみなくてはわからない。稽古でだめでも本番になると急に力を出すというのは人間にかぎったことではないし、生涯一度の勝利が間違って今このときのレースなのかもしれないのだから、石上さんは、

「これだよッ」

と言って何千円かの馬券をぼくに差し出し、「直線でゴボウ抜きだよ」と、シービークロスの再現のようなことを言って見せるのだが、それが本当にくると思っているのかといえばそうではない。競馬場にいるかぎりぼくも石上さんもたんに全レース馬券を買いつづけることになっているのだからたまにそういう買い方をするということで、買ったからにはそれで取るようなことを言ってみるだけのことなのだが、シービークロスの子どもがスタートするなりポンッと先頭に立つと石上さんは「おっ、いいねえ」と笑い出した。

「俺がゴールを、ググーッと手前に持ってってやればあいつが一等賞だよ」

なんて言っているうちはよかったが、シービークロスの子どもは3コーナーを過ぎても先頭で、「おい、持ったまんまだぞ」と、つまり騎手がまだ手綱をしごいていない、楽走

だ、と言ったときには石上さんにも色気が出てきはじめた。

「おい、——」

4コーナーを回ってもシービークロスの子どもは先頭で、うしろの馬と差が詰まってもまだ騎手は手綱もしごかずムチも入れていないから、よォーし、来い！　そのまま！　そのまま！　と、石上さんは少し気が早いが本気になった。

しかし府中の直線は五〇〇メートルある。五〇〇メートルの直線の半分まで来て騎手の手が動き出したときにはシービークロスの子どもはズルズルズルズル後退していき、結局最後はドンジリになってしまったけれど、それでも石上さんは、

「たいしたもんじゃねえか」

と言った。

「全部で一分三八秒しか走ってないレースで、一分二五秒は先頭だったんだよ。たいしたもんだよ」

それで石上さんは「アハハ」と笑い、「次はちゃんとゴールで先頭のやつを買わなきゃな」と言ってパドックに歩いていった。

それでまたその日もぼくと石上さんは大きく勝ちも負けもしないで別れることになるが、六時すぎに帰ると島田が一部屋だけ電気をつけて寝そべって本を読んでいた。

ゴンタと二人で十日ぐらいつづけていた即興演奏のようなことに飽きてからは、ゴンタは自分のアパートにもどり島田はソプラノ・サックスをしまい込んで、聖書は読み終わったのか読みかけでやめたのか、たぶん読みかけでやめたのだろうが、とにかく聖書は読んでいなくて、

「や、聖書の次はやっぱりこれ」

と言って、ニーチェの『この人を見よ』を読んでいた。中身ではなくて「この人を見よ」というタイトルだけで選んで読み出したものだからはじめのうちは「何、これ」なんて言っていたけれど、それでも読みはじめたものはしばらくはなんとなく読みつづけるのが島田だからその日もそれを読んでいて、ぼくが、

「アキラとよう子は？」

と訊くと、本を読んだまま、

「や、映画観に行った」

と答えた。

「ふうん。今日は何だって？」

「——『ホテル・ニューハンプシャー』だって」

「あの二人、土・日に行くのが好きだなあ」

島田は同じ仰向けの姿勢のまま目だけ上目づかいに動かしてこっちを見て、アキラが考えそうなことだと言ってから、

「今日は飯も食ってくるから、よろしくって言ってた——」

と言った。

アキラもよう子もいつも何もしていないんだから平日の昼間に行けば映画館もすいているのに、わざわざ土・日を選んでアベックで混んでいそうな映画を観に行く。もっともアキラのことだから受付のもぎりと知り合いになってタダで入るかそうでなければ従業員通用口からもぐり込むかのどちらかで、いずれにしろ金を払うということはないが、その日は珍しくよう子と二人で食事までしてくるらしくて、それならこっちはソバでも取ろうかとぼくは言って冷蔵庫から持ってきたビールを飲みながら、ヤクザの社長の半生記だか伝記だかはどうなったんだと訊いた。

訊くと島田は、

「や、まだ何も」

と言ったが、本を脇に置いて肘をついて上体を起こしてから、

「や、しかし、人間がもっともらしく見えるっていうのは、どういうんだろうね」

と言ってきた。

工藤さんに一番ふつうじゃないと言われた島田が「もっともらしさ」を気にするというのもおかしなものだけれど、そんな「もっともらしさ」なんかにこだわったら聖書なんかどうなるんだとぼくが言うと、島田は「あれは信念で書いたものだから」と言った。

「信念で書いたものは、もっともらしさをこえるんだ。

や、信念は強いよ」

「そうか？

でも、ふつうに本当らしい話っていうのは、人は記憶しないだろ？

信じにくい話が説得力を持つことはあっても、簡単に信じられる話が説得力持つことはないんだよ。

だから話なんてものは、ウソくさければウソくさいほどいい」

ぼくがそんなことを言うと、島田は「社長みたいなこと、言うなよ」と言って苦笑したが、苦笑したからといって別に困っている様子もなくて、それから、このあいだ社長に会ってきたんだと言った。

「や、そしたら、何て言ったと思う？」

ぼくはわかるわけないと答えた。

「『進んでるか』って言うからさ、『まだ、一行も書いてない』って言ったんだ。そしたら『じゃあ、取材はしてるか』って言ってくるから、正直に『まだです』って言ったんだ」

ヤクザの社長を前にしてまったく島田もいい度胸をしているが島田の話はつづいて、

「そしたら社長、笑っててさ、『じゃあ、考えてるのか』って言うから『考えては、います』って言っててさ、『一日二時間ぐらいは考えてるのか』って言うから『いまはヒントを探してるところだから、何かあると社長につなげようとしているみたいだ』って言っちゃったんだよ。

や、そしたらさ、『そうか』って言って、何て言ったと思う?」

「だから、わかるわけないだろ」

「『この世界の中に自分のことをずうっと考えつづけている人間がいると思うとじつに気持ちがいい。俺はおまえの頭の中の一部屋に住みついたような気がする。おまえはことあるたびにその部屋にいる俺を思い出す。しかし俺は本当はそこにはいないんだ。それでもおまえは、その部屋の住人が俺らしき人間だと思うことでしか俺のことを考えられない』って——」

「そんな凝ったこと言うのか」

「言うんだよ。それで、ワッハッハッて笑うんだよ。で、『まあ、一年でも二年でもじっくり考えろ』だって――。や、だからさ、おれ一年ぐらいは何もしなくても平気なんだ」

社長は本当にそう言ったのだろうか。「一年か、せいぜい二年までなら猶予をやる」と言ったのではないかとぼくは勘繰《かんぐ》ってしまったが、島田はとにかくそう記憶して気楽な顔をしているから、こっちも気楽に、

「社長だなあ」

と言ったけれど、島田の話はまだ終わらなかった。

「や、それでおれ、いちおう考えてる証拠見せようって思ってさ、これ見せたんだ」

『この人を見よ』を読むことが考えている証拠になるのか知らないが島田はここを社長に見せたんだと言って、ぼくにも同じページを開いて見せた。

そこには「私は人に反感を持たれる方法を知らない。反感を持たれた方がよっぽどありがたいと思う場合さえそうはならない。私は自分で自分に対して反感を抱いたことさえ一度もない。私の生活の表も裏もとくと調べてみるがいい。誰かが私に悪意を抱いたという

痕跡は、私の人生の中ではただあの唯一の場合を除いて他に見つけられないだろう。そして、好意を受けたという痕跡なら、多すぎるほど見つけられるだろう」というようなことがじつにウソくさくしかも昂揚した謳い上げるようなニーチェ独特の断定的口調で書かれていて、そこを読んだ社長が、

「ニーチェか。おまえはいいセンスをしている。

こういう調子で書け」

と言ったと島田は言う。

そう言われて相変わらず度胸のいい島田は「だってこんなの何から何までフィクションですよ」と、島田こそ勝手にフィクションだと決めつけてそういうことを言って、それならどうして見せたんだとおこられても仕方ないところだけれど社長はそうは言わなくて、

「フィクションのどこが悪い」と言ったのだと言う。

「人間なんか死んでしまえばみんなフィクションにしかならないだろう。他人の記憶する俺なんてものはフィクションでしかないじゃないか。だから俺のことをあまり知らない人間が読んでそうだったのかと思うようなものがいいんだ」

と社長は言って、最後に、

「俺自身の事実なんてものは、俺だけが知っていれば充分だ」

　と言ったのだと島田は言って、ぼくは喜んで「文学だねえ」「思想だねえ」「社長だねえ」などと口走ったのだけれど、ところが島田の話にはまだつづきがあった。

「え？　まだつづくのか」

「や、おれもそれでおしまいって思ってたんだ。そしたらあの人『もう一度見せろ』って言って、このページまた読んでさ。『おいっ、読む人間が共感するようなものは書くなよ』って言い出したんだ。『俺は一度も相手を共感させたことなんかない。共感は最低の方法だ。俺は過度の疑心暗鬼を相手の心につくり出すことでこれまでやってきた。だから俺の伝記に共感はいらない』――だって。や、変な人だよ。ニーチェ読んだら、その場でニーチェみたいなことしゃべり出すんだから――」

「才能だな」

「や、ある種とびぬけた才能はある」

　それで本当に社長の話は終わったが、ぼくはアキラにも「才能だな」と同じ言葉を使ったと思った。ぼくが「才能だな」と言うのは普通からずれた状態しか意味していなくて、だからその才能が役に立つようになるか、というかいわゆる才能になるかどうかとは別の問題なのだけれど、アキラのついでにゴンタのことも思い出して才能ということでいうならアキラよりゴンタかもしれないと思った。

つまりアキラよりゴンタのやることの方が常軌を逸していて、ゴンタは二時間分のビデオを三百本も撮っていながら今のところはどうするか何も考えてないと言い、次は拾ってきたキーボードを突然十日以上弾きつづける。島田がサックスを吹いたのは夜だけだったがゴンタはそれこそ一日中弾いていて、人並みのメロディをかなりうまく弾くようになったところで、

「やっぱりつまらないや」

と言ってキーボードを置いて自分のアパートに帰ってしまった。

ぼくがゴンタの名前を出すと島田も「あいつは変わってる」と言ってから、何を思い出したのか短い思い出し笑いを一つしたけれどそれ以上の話にはならなかった。十日も一緒に即興演奏の真似事をしていたくせに島田はとりたててゴンタの話題を出したことはないが、考えてみればアキラのことも よう子のことも島田は自分からは話題にしない。

島田はいつも訊かれれば答える、あるいはその場その場で勝手なことだけしゃべる、というそれだけで、だからそういう島田が筋道たてて話題にする社長というのは確かに特別な人間なんだろうということになるが、社長の話が終わってまた仰向けになっていた島田

は仰向けのまま口の端からビールを飲んで、

「や、工藤さん、どうしてる？」

と言い出した。

「え？　だからこのあいだ話したとおりだよ」

「あ、そうだったね。

――や、それでいつ会ってるんだっけ？」

ぼくはだから昼間会社を抜け出して会ってるんだと、このあいだ話したことをまた繰り返し、島田は「いいよな」と言った。

「や、身近にいる人間に、新しい女ができたと思うと心境複雑だね。女を見る目が変わってくる。――や、だんだん血走ってくる気がする。

電車ん中なんかできれいな脚があると、目が脚に釘づけになる。目にしみるよ。――や、脚が目に突き刺さるようだよ。

や、ホント、降りるころには目から出血してる」

島田は仰向けのまま手振りを入れて珍しく熱っぽくしゃべっていて、ぼくは「そんな真剣になるなよ」と言った。

「や、冗談だよ」

「真剣だから冗談にするんだろ」

「や、まあ、そうだな」

「――しかし島田は不利だな」

「不利？　何が」

「おまえの女を好きになる気持ちがまわりから想像できない」

「できるよ。想像してくれよ。簡単なんだから。みんなと同じだよ」

「だから島田の問題じゃなくて、まわりがどう見ているかっていう問題だから」

「また、そういうこと言う。自分の幸福に胡坐をかくなよ」

「まあ、でも、そういうのがいいって言う女の子もいるよ」

それでぼくが工藤さんも島田のことを非常に特殊な人間だと言って興味を持っていたと言うと、島田は、

「や、そう？　じゃあ、このあいだ言ってた、よう子ちゃんの友達なんか、どうかな」

とまんざら冗談でもなさそうな顔で言っていて、ぼくは工藤さんとその子がもし似ているなら可能性がないわけでもないといい加減なことを言って、夕食の出前を注文する前によう子のかわりに猫たちにエサをあげに行くことにした。

エサのことはよう子に頼まれたわけではないが、島田に訊いてみると三時ごろ二人で映画に出掛ける前に配っていた様子もなくて、猫たちがよう子の来るのを待っていると悪いからドライフードと缶詰と使い捨ての容器を九つ持って出た。いつもよう子が使っている皿にしなかったのは、ぼくが行っても猫が全員出てくるとはかぎらないし、ぼくにはよう子のように猫が食べ終わるまで見ていることなんてできないと思ったからで、よう子と同じところ四ヵ所に簡単に置いて帰ってこようと思っていたが、歩いてみると猫たちは次々に出てきた。

考えてみればよう子と一緒に朝のエサを配るようになって三週間たとうとしているわけで、よう子に見分け方を教わるまでまったく区別のつかなかった黒白の柄の猫が寄ってきても、柄の入り方の細かい違いを見なくてもからだつき全体の感じでどの猫とわかるようになっていて、一ヵ所目のところで出てくる黒白柄の一方のニャアニャアはいつもよう子にするように「ニャアニャア」とぼくの足にまとわりつき、黒白のもう一匹は黙ってぼくの足許に坐ってぼくが袋からエサを出すのをアーモンドの形をした目で見上げている。

ぼくはよう子のやるのを適当に手伝っていただけだったから、一人でやってみるといきなりドライフードをばらまいてしまい、黙って坐っているアーモンド目の方は地面に散らばったそれを食べてくれたからいいけれど、ニャアニャアの方は缶詰が出るものと知っていてぼくが缶詰を切って出すまでずっと同じ調子で「ニャアニャア」鳴いていて、その「ニャアニャア」を聞きつけてあと二匹、いつも要領の悪い黒トラの縞も出てきたし、別の皿に分けてあげないと他の猫の分まで全部食べてしまうアビシニアンに似た柄も出てきた。

ニャアニャアの催促に急かされながらやっと切った缶詰を二皿に分けて出すと、すぐにニャアニャアとアビシニアン柄がそれに顔をつっこんで食べはじめて二皿は二匹に占領され、さきに出していたドライフードの二皿と合わせてすでに皿は四枚になっている。ようよう子がやると二皿ですむものがぼくがやると四匹に四枚必要になって、それでもしばらくは四匹が静かに食べてくれることになるが、要領の悪い黒トラと黙ってドライフードを食べ出した黒白のアーモンド目の二匹に缶詰をあげそこなっていたことに気づいて、新しい缶を切っていると、アビシニアン柄の皿はすでに空になっている。

ぼくはアビシニアン柄に「ちょっと待ってな」と言って、要領の悪い黒トラと黒白のアーモンド目の皿に缶詰を入れ出したが、一箸入れるなりアビシニアン柄が顔をつっこむ。それでまた仕方なく黒トラとアーモンド目は後回しになって、アビシニアン柄にさきにドライフードを出してやったがアビシニアン柄はやっぱり缶詰がいいと言って今度はニャアニャアの皿を狙うものだから、ぼくはドライフードに缶詰を混ぜ合わせてアビシニアン柄を納得させ、そしてようやく黒トラとアーモンド目に缶詰がいきわたった。

アビシニアン柄はあとから足した分まで一番最初に食べてしまって、アビシニアン柄が他の皿に行かないように背中を撫でてやるとアビシニアン柄はいつものように気持ちいいといってシッポを上に立てて地面に腹這いになる。そのうちに「ニャアニャア」の黒白が食べ終わってぼくのまわりを二回三回とまわって消えていき、もう一匹の黒白は空になった皿に砂をかける仕草をして一度ぼくを見てから次に一瞬身がまえたと思ったら風に揺れた草に跳びついて、そこでハッと顔をあげてまた別の草に跳びついてを繰り返しながら遠ざかっていき、要領の悪い黒トラは空になった皿一つ一つのニオイを嗅いで、そして一度ぼくのくるぶしにからだを軽くすりつけてから歩いていき、みんながいなくなると大食いのアビシニアン柄も納得してゆっくりと歩いていって、それでやっと一ヵ所が終わって次に移る。

気ぜわしいとはこのことでぼくはこれを四回繰り返さなければならなかったのだけれど、三ヵ所目、四ヵ所目とやっていくうちにだいぶ余裕も生まれて、あと二、三日もやれば一人でも案外すんなりやっていけるんじゃないかとも思ったが、そうなったからといってよう子のように何ヵ月もつづけられるものではない。こういうことをずっとつづけられるというのは何かまったく別のことで、ぼくにはやっぱりできないと思うのだが、部屋にもどるとすぐにアキラとよう子が「寒くなったねえ」と言って帰ってきた。

二人ともセーターもジャンパーも着ずに出掛けていて、そんな格好では夜になれば寒いに決まっているが同じ薄着でもアキラはただ貧乏くさくてよう子は承知してやっているように見えるのはきれいな子の得なところだけれど、ぼくが、

「エサあげておいたよ」

と言ったときのよう子のうれしそうな表情がよくて、それからアキラとよう子は『ホテル・ニューハンプシャー』の話をぼくと島田にはじめた。

『ホテル・ニューハンプシャー』は、映画がはじまってすぐに飼っていた熊が殺され、〝悲しみ〟という名前の犬も殺されて剝製にされ、レイプはあるし、家族は飛行機事故や爆弾テロでつぎつぎに死んでいくしで、こう言ってしまうと暴力と死ばかりの映画になってしまうが、アキラは、

「でも、観ると勇気がわいてくるんだよ」

と言い、よう子は「勇気って、いいわよね」と言った。

「『勇気って、いい』――」

「うん、勇気がいいとか必要とか、あんまり思わないもんね」

「や、勇気は大事だ。

勇気が映画のテーマになりにくくなってから長い時間がたった」

「エッ？　ナニィ？　勇気がわくのに長い時間がかかる――って、言ったのォ？」

「――島田さんの言い方って、字に書いた文章みたい」

「や、いま勇気はそれほど扱いづらいものなんだ。

でも、勇気がわいてくるのは、いい映画だ」

と、そこまで言うと島田は突然立ち上がって「やっぱり、おれ飯つくるよ」と言い出した。

「え？　まだ食べてなかったの？」

猫のエサに時間がかかってその直後にアキラとよう子が帰ってきてしまったからソバの出前をまだ注文していなかったのだが、島田は「おかげで飯つくる勇気がわいてきた」と言って冷蔵庫の中を覗いていて、よう子が「アタシ、つくってもいいよ」と言っても、島田は、

「や、おれがつくる」

と言って、キャベツとピーマンとニンジンを中から出して、「肉もあるの？」と訊くと、
アキラが、

「よう子ちゃんが昨日豚肉買ったよ」

と言って島田のところに寄っていき、よう子の方を見て「――そうだよね」と言った。

ぼくが冷蔵庫といえばビールと麦茶と氷と、せいぜいチーズかトマトぐらいしか気にかけていないあいだにずいぶんと中身が充実していたものだが、島田は「スパゲッティと野菜炒めにしよう」と言って、まずスパゲッティの鍋を火にかけ、ぼくがスパゲッティだけでいいと言っても、島田は、

「や、それじゃあ、力がつかない」

と言い、横からアキラが「そうだよ」と口をはさみ、島田がキャベツを刻みはじめると、それを見ていたアキラがこっちに手招きしながら「ねえ、ねえ。島田さん、切るのウマイんだよ」と言うから、ぼくもつられて寄っていった。

「最近、島田さんはねえ、料理つくるのに根性入ってるんだってさ」

「勇気のつぎは根性か」

「や、まあ、趣味だな」

「いいじゃん、どっちでも」

島田の手つきは相変わらず決してうまくは見えないが、キャベツ、ピーマン、ニンジン、豚肉がつぎつぎに刻まれていく速さを見ていると前よりもまたうまくなったのかもしれな

いと思ったりもするが、横からアキラが、

「島田さんってねえ、前はニンジン剝けなかったんだって」

と言って、「――ねえ、そうだよね」と包丁を使っている島田の顔を覗きこんだ。

「じゃあ、カレーなんかつくるとき、どうしてたんだ」

「だからさあ、ニンジンでもジャガイモでも、剝かないでポコポコ切ったのを入れてたんだってさ。――ねえ、そうだよね」

「や、まあ、そんなもんだった」

「よう子ちゃんが教えてあげたんだよ」

アキラはまるで自分が教えたような口のきき方をしているが、アキラがそう言うとよう子はダイニングの隅のベッドに腰掛けたまま、教えたわけではなくて勝手にはじめちゃったのと言った。

「だからさあ、みんなよう子ちゃんに影響されちゃうんだよ」

アキラはわざとらしいしいしたり顔をつくって二度三度と頷いて見せた。たしかにそうかもしれなくて、ぼくも朝の猫のエサを手伝っているし、今日ははじめてよう子のかわりに一人で猫たちにエサをあげてきたが、それじゃあアキラは何を影響されたんだと言ってやると、

「オレは全身よう子ちゃんの影響だもん」

と言って、「ヘヘッ」と笑いながらジーパンから出ているシャツの裾をばたばたさせた。そして「アッ、いけねえ」と言ってステレオのところまでいって、このあいだからかけているジャマイカとかフィリピンとかのコーラス・グループの歌う歌謡曲のテープをかけてもどってきて、また島田の横にぺったりはりついて野菜炒めをつくるのを覗きこんでいた。

それでぼくは次の日も八時半に部屋を出て競馬場に行ったのだけれど、夕方六時すぎに部屋にもどるとダイニングの隅のベッドに工藤さんが眠っていた。

坐っているのならまだしもベッドで眠っ<ruby>て</ruby>いられるとさすがに驚いて、一瞬自分の部屋だという確信がぐらつき、工藤さんだともわからずぼくはベッドにそうっと近寄って顔を覗きこんだ。

ぼくがそうしているのをアキラとよう子と島田は奥の部屋で黙って見ていて、ぼくは三人がいることにも気がついていなかったのだが、その眠っているのが工藤さんだとわかるのと同時に三人が奥で抑えた声で笑い出して、ぼくは「なんだよ、いたのかよ」と言った。

「なんだよ、これ」

というぼくの質問とも何ともつかない言葉に、アキラが「工藤さん、よれよれになっちゃったんだよ」と言ってもわかるわけがなくて、よう子が、

「お昼すぎに急に入ってきてねえ、『もうダメ、そこで寝かせて』って言って、眠っちゃったの」

というのもまたわけがわからないが、ベッドに転がりこんだ工藤さんからよう子が訊き出した範囲では、工藤さんは友達四人で紅葉を見ようと言って金・土と二晩かけて東北を一周してきて三人を送りとどけたらここで限界になったんだと言う。

「ぼーっとしてて、ゾンビみたいだったのよ。それにねえ、ここの場所も工藤さん間違っちゃって、あっちにあるアパートの前に車停めてきちゃったんだって。よくここまで来れたわよねえ」

と、よう子は言っていて、それで車が停めてなかった理由だけはわかったが、それにしてもどうしてわざわざここまで来る必要があったんだとぼくが訊いても、よう子にもわかるわけがなくて、ぼくは、

「それで三人ともずうっと、そんなところにいたの?」

と言ってから、ダイニングの椅子に腰掛けて工藤さんの眠っている顔を眺めた。

ぼくは工藤さんの部屋に泊まったことがない。だから工藤さんと一緒に眠ったことがなくて工藤さんの寝顔を見るのもこのときがはじめてだったが、眠る直前はよう子の言ったゾンビのようだったというのが本当だったとしても、眠っているいまは穏やかでいつもの

化粧を落としているときよりもさらに幼くて無邪気で無防備な寝顔に見えた。

それだからか、それともぼくはこうして工藤さんの寝顔を見ているけれど工藤さんは見られるだけでぼくを見ることはない、という一方的な〈見る—見られる〉の関係の中にいると思うせいか、ぼくは眠っている工藤さんがだんだんといとおしいような気持ちになってきて、その「いとおしい」という気持ちに驚いた。

年齢こそぼくと工藤さんは三つ離れているが、二十歳すぎてしまえば何歳違おうがそれが二人の関係に反映することはないというのがぼくの感覚で、つまりぼくは基本的に対等そしてときには姉を見るように工藤さんを見ていることもあったし、それに「日課のようにセックスをする」と考えたことは確かでもわずか一週間前からのことで、ぼくはつねに何らかの緊張を感じていたのだけれど、このときはズルズルと愛のようなものに自分が浸っていく気がして、気持ちの中ではずいぶん長い時間工藤さんを見つめてしまったのだけれど、そうしているとアキラが「ねえ、ねえ、ねえ」と声をひそめて寄ってきて、

「島田さん、さっき、じぃーって工藤さんの寝てるの見てたんだよ」

と言った。

告げ口のつもりなのか、そう言ってぼくの反応を試そうとしているのか、それともたんに島田とぼくをからかおうとしているのか、いずれにしてもアキラの魂胆はろくなもので

はないはずで、ぼくはぶっきらぼうに「見たっていいじゃないか」と言ってやったが、アキラはニヤニヤしながら「まだつづきがあるの」と言った。

「なんだよ」

「――あのねえ、寿荘《ことぶきそう》にまだ矢田さんとかみんないた頃ねえ」

寿荘は春まで島田が住んでいたアパートだ。外観も内装もぼろぼろで得体の知れない人間ばかりが住んでいるのに寿荘というのもひどい名前だが、ぼくはアキラにもったいぶって笑ってないで早く言えと言った。

「オレとねえ、島田さんとねえ、矢田さんとアヤちゃんで、酒飲んで寝たことがあったの。――知らないでしょ？」

だから早くしゃべれとぼくはアキラに言って、奥にいる島田を見た。島田は顎の薄い不精ヒゲを掻いてこっちを見ていた。

「それでねえ、アヤちゃんが一番端っこに最初に寝ちゃって、隣りに矢田さんが寝て、その隣りにオレが寝て、島田さんはこう寝たの――」

アキラは三人の枕元に島田が横に寝たという仕草をして、ぼくは「女がいるとすぐみんなで寝たがる」と言った。島田と矢田は同じ寿荘に別々に部屋を借りていたんだから寝るときはどっちかが自分の部屋にもどればいいのに女の子がいると一部屋で寝たがる。

「それでね、オレ、明け方にオシッコしたくなって目が覚めたの。そしたらさあ、島田さん、こうやって肘ついて起きてて、じぃーってアヤちゃんの寝てる顔見てたんだよ。島田さんってねえ、アヤちゃんのこと好きだったんだよ。あんときとおんなじ目でさあ、さっきもじぃーって見てたんだよ」

と言ってアキラが「グフッ」と下卑た笑い声をさせると、島田が奥から、

「や、あれは矢田さんの手、見てたんだ」

と言った。

「や、だから矢田さん、こうしてアヤちゃんに手を回して寝てたんだよ」

「えー？　島田さぁん。じゃあ島田さんは一晩中、矢田さんの手ェ見てたのォ？」

「うん、おれ矢田さんの手が好きだったんだ」

「エーッ」

「スゴイッ」

と、ぼくは大きな声を出してしまった。ぼくはこういう理屈になっていない言い逃れが好きだから一人で笑っていたが、アキラは調子にのって「まだあるんだよね」と島田に向かって言った。

「矢田さん、オレたちに内緒で次の日アヤちゃんと二人で焼肉食べたんだけどさあ、アヤちゃんが『アタシ友達と待ち合わせがあるから』って言って帰っちゃってさあ、矢田さんが長崎さんのところ行ってヤケ酒飲もうぜって言おうとしたら、アヤちゃんがいたんだよね。

で、しょうがないから矢田さん、寿荘に帰ってきて島田さんと酒飲んだんだけど、矢田さん荒れちゃってさあ、一晩中『焼肉返せェ』って騒いでたんだよ。

ねッ」

「や、でも長崎さんも、すぐにふられたんだよ。

長崎さんも、その次の週に荒れて寿荘にきて、『寿司屋で食ったウニの分くらいさせろ』って怒ってた」

結局島田には焼肉の出番もウニの出番もなかったというところがミソで、アキラは二十歳になる前からそんなやつらばかり見てしまったのだが、話の途中からみんな声を抑えることを忘れていて、よう子が、

「やっぱりふられた話ばっかり」

と言った頃には工藤さんが目を覚ました。

ベッドで目を開けると、工藤さんは「あ、帰ってた、――」とぼくを見て言い、一度か

らだをひねりながら伸びをして、よろよろとベッドから出た。

ぼくは「まだ寝てれば」と言ったが、

「大丈夫。――もう平気」

と、少しも平気じゃないように言ってからよう子と島田の方に歩いてまたもどってきて、

「ふぅ、――」と深くため息をついてそのまま立ちどまった。

「まだ寝てていいんですよ」

「ううん、もう平気。

――ここって、よく眠れるのねえ」

「そう？」

「うん、あたしのところより全然静かなんだもん」

と言って、工藤さんはぼくとアキラのいるダイニングとよう子と島田のいる部屋を交互に見て、「――どっちに坐ろう？」と言ったから、ぼくはどっちでもないもう一つの部屋を顎でしゃくって「そこにしよう」と言った。ぼくがもどってくるまでよう子たち三人のいた部屋はいつもぼくが寝る部屋で、みんなでふだんいる部屋はダイニングに近い方なのだが、三人は眠っている工藤さんに遠慮してベッドから一番離れたところにいたのだ。

それで工藤さんが起きると当然話はどうしてこうなったんだという質問になるが、工藤

さんはまだ寝呆けていて聞いている方にはどうもわからない。

「——リカがバカなの。秋田から自分の部屋の留守番電話聞いたのね。そうしたらどうしても日曜のお昼までに帰らなくちゃいけない仕事が入っちゃったって言うの。『そんなの、いいじゃない』って言っても、あれはどうしてもまずいって言うから、『じゃあしょうがない。このまままっすぐ帰ろう』っていうことになったのね。

だいたい金曜に友達四人で集まったときに、突然『紅葉見に行こう』って言い出したのもリカなのよ。ホント、あの子、勝手なんだから。それで帰りになったらリカは『あたし仕事だから眠る』って言って運転しないし——。

あ、違う。『行こう』って言い出したのはとも子よ。この前引っ越ししたとも子。とも子の方だった。

でも、とも子もバカだから、あたしたちが『もっと厚いセーターじゃなきゃダメだ』って言うのに、秋のセーター一枚で行っちゃったから、風邪ひいちゃって後ろでふうふう言ってて。

あれ？　言い出したのはマキだったかしら？

あ、マキだったかもしれない。マキは高校でバレーボールやってたの。だから大きくて頑丈なんだけど、免停だから役にたたないの。

だから結局あたしが一人でずぅーっと運転して帰ってきて、――」

と、工藤さんの話はそれから帰る道々の話になるのだけれど、ぼくは途中で誰が誰なのかわからなくなって、

「とにかく、大変だったんだ」

と言った。

「や、それは大変だった」

島田も同調したが、工藤さんには島田のしゃべるのがまだうまく聞き取れなくて、

「え？ ――あ、あぁ、『大変だった』？」と言ってから、ぼくを見て「――ねえ？ バカにしてない？」と言った。

「だって、登場人物がこみいってんだもん」

「もう一度言う？」

「いい。大変だったのがわかれば充分だ」と、ぼくが言うと工藤さんは「でもね」と言っていたずらっぽい顔をして笑った。

「でもね、ここに来ればご飯食べられるでしょ？ ぼけーっとしててもご飯出てくるな――って、思ったの」

「なんだよ。そんなことだったのかよ」

「名案でしょ？　一人でいたって料理つくる元気ないし。こんなぐしゃぐしゃな顔して外に出るの、やっぱりヤだもん」

ぼくは「ぐしゃぐしゃな顔」だなんて思わない。もしぼくが何か食べに入った店でいまの工藤さんのような顔をした女の子と居合わせたら気になって目が離せなくなって、そうしていままで何やっていたのか勝手な想像をするだろう。ぼくは何も返事をしないで工藤さんを見ていたのだけれど、工藤さんがぼくを覗きこむようにして「ね、——」と言うと、横からアキラがご飯なら島田さんに任せてと言った。

「いま、島田さん料理つくるのに凝ってんの」

「あ、そうなの？　島田さんの料理？

——ねえ？　島田さんって、料理つくるのも話すときみたいに『や、グチャグチャッ——』ってなっちゃうのかなあ」

と言って、工藤さんはけらけらと笑い出した。

寝不足だと変に気持ちが昂揚していてつまらないことでも笑ってしまうものだが、そのけらけら笑っている工藤さんを見るぼくの気持ちは、さっき寝顔を見ていたときにぼくが思ったいとおしいような気持ちというのとまったく対応しなかった。アキラが寿荘のあんな話を持ち出して、それから工藤さんが半分寝呆けながらこの二日間の話をしているあいだもまだ、ぼくはさっき感じたズルズルと愛のようなものに自分が浸っていく気持ちを大事なもののように感じていたのだが、ズルズルがズルズルと一人で勝手に土俵を割っていったような気持ちになった。

つまりここは愛のようなもののための空間ではまったくないということで、それまでの経緯《いきさつ》はどうであれ、つまるところ工藤さんはご飯を食べるためにここに来て眠っていただけなのに、工藤さんが眠っているそのあいだぼくはここを愛のような空間と勘違いした。だからぼくはできることならすぐにでもあのよく陽の入る工藤さんの部屋に帰りたくなったが、島田はさっそく流しの前に立って米をとぎはじめていて、ぼくはここは眠って食べるには最適で恋愛には最悪の部屋なんだと思った。

アキラは冷蔵庫を開けて「島田さん、今日は何つくるの？　今日はいっぱい買ってあるよ」とおせっかいなことを言っているし、よう子は「アタシ猫にご飯あげて来るね」と言って、いつものエサと皿と水飲みと水の用意をはじめている。

そして工藤さんが「いつも行ってるっていう猫のエサ配りね」と言い、ぼくはよう子と一緒に行こうか行くまいかと迷いはじめるのだが、よう子はぼくを見て「アタシ、アキラ君と二人で行ってくるね」と言った。

「今日はちょっと急いでまわって来ちゃうね」

「うん、ボクのいないあいだ代わりに工藤さんの相手しててあげて」

アキラはいちいち余計なことを言わないと気がすまないが、島田が味の素のクックドゥという野菜や肉にからめるトロ味だけが調理済みのレトルト・パック製品の麻婆茄子と回鍋肉《ホイコーロウ》を引っぱり出して、

「や、じゃあ今日は二つつくっちゃおう」

と言うと、工藤さんはそこでまた島田の言葉がわからなくて「え？」とぼくを見て、ぼくは、

「――二つつくるんだってさ」

と言った。

5

それでぼくは次の朝、ダイニングの隅のベッドで目を覚ますことになる。

結局工藤さんはあのまま泊まってしまい、いつもぼくが寝る部屋によう子と工藤さんが寝て、ぼくは二人に押し出されたような格好でよう子のベッドに寝ることになった。といってももともとがぼくのベッドだがぼくにもすでにその意識はない。アキラとよう子と島田とそしてぼくの四人になったとき、部屋の主人のぼくは一人で寝なければいけない、だからアキラと島田が広い方に寝て、自分はダイニングにベッドを移して寝るという部屋割りを決めたのはよう子で、あれ以来、ゴンタが来たときには、アキラとゴンタで一部屋、島田とぼくで一部屋、そしてダイニングによう子という部屋割りもよう子が決めて、ぼくもアキラも島田も、状況が変わったときにはすべて「はい、はい」とよう子の指示どおりの部屋に行くことになっている。

七時半にはよう子、島田、アキラ、工藤さん、という順でぞろぞろダイニングに集まってきて、それでぼくも目が覚めたからベッドから出て、昨日まで寝ていた方の部屋のサッシを開けて外に向かって伸びをしたのだけれど、外の空気が昨日まで感じていたのよりがくんと冷えこんでいて、ぼくがダイニングにいる四人に聞こえるように、

「夏が行ってしまったなあ」

と言うと、よう子が「変なの、――」と返事をした。

「もう十月よ」

「十月でも昨日まではまだ夏を思い起こさせるものがあったんだ」

「工藤さんなんか、紅葉見てきちゃったのに、――」

「東北の話だろ？　北極行けば八月だって氷がある」

ぼくがそう言うと工藤さんは「たまにああいう変なこと言わない？」とよう子に言っていて、女同士は半日も一緒にさせておけば必ず結託するようになっているらしいのだが、昨日までぼくは外の空気が冷たくなってきていても夏に感じた気分とそんなに違わない気分を感じていた。

夏ではなくて夏の終わりということなのだけれど、「夏がだんだん遠くなっていく」とそれまで毎朝思っていて、夏を思い起こすというのもつまりはそういう仕方での思い起こ

し方だが、そのときに夏がついてまわっていたことに変わりはない。それがこの朝の冷えこんだ空気は完全にそうではなくなっていて、それと一緒に夏の終わりに感じはじめた濃厚な感傷もなくなっていた。

こうして夏がきれいさっぱり消えてなくなったのを知ってから、ぼくはダイニングにいってみんなとコーヒーを飲み、それから島田はいつものようにどこかわからないどこかに出掛け、それを聞いて工藤さんはぼくに「やっぱり相当変わってる、——」と言っていたが、ぼくたちはぼくたちでセーターやジャンパーを着て、よう子はいつもの一揃いを持ちアキラはカメラを持って猫たちにエサを配りに出た。

よう子の歩いていく道にはところどころに形だけ植えてそのまま取らずに枯れていくキャベツの畑や本当に収穫するのだろう栗の畑があり、畑の縁には誰かが種を蒔いたものなのか自然に生えてきたものなのか、コスモスや葉鶏頭や、ぼくが名前を知らない丈が高く伸びて先の方に小さな白い花をいくつも咲かせる草が半ば混じり合い半ば規則正しく生えていて、一軒だけだが大きな萱葺《かやぶ》き屋根の農家もある。

一緒に歩きながら工藤さんは「すごいのねえ」と言うが、そんなこと以上にアパートでも普通の家でも広々と建っているのに感心して「下高井戸なんかビシーッて家《うち》が建っちゃってるもんねえ」と言い、アキラはそれまで離れて写真を撮っていたくせに急にこっちにきて「じゃあ、引っ越して来ちゃいなよ」と言い、よう子はぼくに話したのと同じように猫のことを工藤さんに話す。たぶん工藤さんが特別猫を好きではないことを知っているけれどよう子は気にしない。

「――この子はねえ、ニャアニャアニャアニャアニャアニャアニャアニャアニャア鳴いて、『ご飯ご飯、ご飯ご飯ご飯』って言うから『ニャアニャア』なの。ニャアニャアとそのアビシニアンみたいな柄の二匹が、すっごい食いしん坊なんです。他の子の分まで食べようとするんだから。

そっちのおとなしい子はニャアニャアと目の形が違うでしょ？　アーモンドみたいな形してるでしょ？　いつもその目でじっってアタシを見るの。お坐りしてじっって見るだけで、ほとんどおしゃべりしないの」

「――そこの二匹はねえ、全然似てないけど親子なの。いつも一緒にいるんです。このお母さんからこんな斑の子が生まれちゃったの。そこのとんかつ屋さんがお客さんが残していった肉をよくあげてるらしいから、たいていそこの軒下に並んでるの」

「――この子、藤色みたいな色してて珍しいでしょ？　アタシ、誰から生まれたのか知りたいんだけど、近所の人たちに訊いても誰も知らないの。

――猫ってねえ、すごく個性があるんですよ。

最初のところにいたニャアニャアとかさっきのところの坊っちゃん刈りみたいな頭の子なんかは、すっごく食べて人間のこともちっとも怖がらなかったでしょ？　でも、この藤色の子なんかはいまでもやっぱりちょっとだけアタシのことを警戒しちゃうの。お母さんと一緒の斑の子は、お母さんがそばにいるとアタシの膝にのぼっちゃうけど、お母さんがちょっと離れると『ピャアー』って鳴いて、お母さんのところまで走ってっちゃうの」

「——茶トラのミイちゃんとミャアちゃんのことは聞きました？

ミイとミャアはねえ、たまァにアタシも見るんだけど、ちっとも近寄ってくれないの。でも、まあしょうがないかなって。ミイとミャアのほかにもアタシのご飯食べに来ない猫、けっこう見るから。

飼い猫も混じっちゃってる計算だけど、アタシのところに来る猫は、この辺で見かける猫の三分の一ぐらいなのかなあ？」

そう言ったとき工藤さんが「猫がみんな集まってほしいって思わない？」と訊いたが、よう子はすぐに、

「アタシ？　いまは思わない」

と答えた。

「はじめの頃はそう思ったけど。

──生き物って、おんなじ種《しゅ》でもいろーんな性格とか、体質とか、それから、習性っていうのかなあ？　習慣っていうのかなあ？　そういうのがあるから、いっぺんに絶滅しないようになってるんでしょ？」

「なってるんでしょ？」と、よう子はぼくに向かって言い、ぼくが「まあねえ、──」と頼りない返事をしていると工藤さんは声を出さずに口許だけで笑った。

「──猫は野生とは言わないって、アタシは思うけど、野生じゃなくてもいろーんな性格を持ってて、いっぺんにどうかならないようになってると思うのね。

だから、アタシのところに来る猫もいるし来ない猫もいて、それがあたり前だって、最近は思ってるの」

よう子が話し終わるとぼくは工藤さんの反応が知りたくてちらっと見たが、工藤さんもやっぱりぼくを見て微笑み、ぼくはよう子に「また新しいこと考えちゃったのか」と言った。

「うん」

よう子は満足そうにぼくに頷いたが、ぼくたち三人の話が聞こえているのかいないのかアキラはそのあいだずっと少し離れたところでこっちに向かってカメラを覗いていて、ぼくはなんでそんなに離れてるんだと言った。

「自分の影が入っちゃうんだよ」

確かに十月の朝九時の太陽は低くて影も意外な長さで伸びていたが、そんなに離れる必要もないだろうとぼくは言ったのだけれど、アキラは美意識の問題だからと言う。

「やっぱり、秋はさあ、被写体から離れて撮らないとね」

「そういうもんか」

「うん。そんなの」

「秋はやっぱり柔らかい色合いの写真になるの？」

と、工藤さんが訊くとアキラは急にテレて頭を掻きはじめ、ぼくは「どうしたんだよ」と言った。

「エッ？　ヤァ、その、何て言うか、——そういうこと訊かれると、オレがプロみたいに思わない？」

「思わないんだよ」

「なァんだ」とアキラは拍子抜けして、四歩、五歩と、こっちに来て「オレ、空を中心に撮ってただけなの」と笑って見せたが、ぼくはそれはウソだと思った。空を写していたとしたら訊かれてすぐに影が写っちゃうという返事をしないだろうが、そういうことではなくてぼくはただなんとなくアキラの表情を見てウソだと思った。

それで三ヵ所目が終わり、アキラは写真が逆光にならないようにぼくたちの先を歩いていったが、最後の駐車場の手前にさしかかるとハナクロがブロック塀の上を向こうからのそのそと歩いてきてアキラの前に跳び降りるのが見えた。本当に突然だったのだがハナクロは何日か前からものすごい勢いでアキラになつきはじめていて、それ以来、

「おい、ハナクロ」

と言うアキラの足許でいつもおなかを見せて寝転がり、ごろッごろッというのか、ぐにッぐにッというのか、左右にからだを何度もひねることになっている。それでアキラも隅に生えているネコジャラシを一本ひき抜いてハナクロをさんざんじゃらすことになるのだが、いつものように一度しゃがみこんだと思ったらアキラは急に立ち上がって、

「アレェ？　ハナクロったら、首輪してるよ」

と、言い出した。

「ねえ、ハナクロって、誰かに飼われてたのォ？」

見るとハナクロの首には緑色のビニールのような材質の首輪がしてあり、よう子が屈んで顔を近づけるとハナクロは目の前に下がった髪の毛にじゃれようとするのだが、よう子は「ほら、ほら」とその手を制して首輪の匂いを嗅いで、

「これ、ハーブみたい」

と言った。

「ハーブ？　何、それ？」

アキラはハーブなんて知らないが、よう子は「ハーブのノミ取り首輪があるの」と言い、ぼくは「秋にノミがつくのか」と訊いた。

「外にいるから一年中つくんじゃないの？」

「ねえ、ハナクロって、誰かに飼われてたの？」

アキラはさっきと同じことをさっきよりもずっとつまらなそうな声で言ったが、よう子は腰をおろしてハナクロを見ていて、「そうなのかなあ」と言った。

「だって、首輪してるってことは、飼われてるってことだよねえ」

ハナクロはアキラとよう子の二人に見られているからご機嫌で今度は二人のまわりをからだをすりつけながら「8」の字に歩きまわっている。

「――そうなのかなあ。

本当にちゃんと飼われてるんだったら、こんなに、きちん、きちん、と毎日こないわよねえ」

よう子の言うとおりなのだろうと思うからぼくは「うん」と言ったつもりだったがずいぶんあやふやな声が出て、工藤さんはぼくのあやふやさがおかしいのかハナクロの態度がおかしいのか「くっ」と小さな声で笑った。

「ねえ、この首輪、昨日はついてなかったよねえ」

アキラの声はどんどん元気がなくなっていくが、ハナクロはアキラの気持ちも知らずにアキラのジーパンに熱心に首筋をこすりつけていて、よう子はハナクロの背中に軽く手をあてながらぼくと工藤さんを振り返って、「――ねえ?」と言った。

「飼われているんじゃなくてね、ハナクロって誰にでも愛想がいいから、ちょくちょく入ってっちゃう家《うち》があるんじゃないのかなあ」

よう子がそう言うとアキラが「それって、どういうことなの?」と訊き返し、ハナクロもよう子を見上げて「アーン?」とわかっているような声を出してくるのだけれど、よう子は「だからね、――」と言った。

「だからね、飼われてるっていうんじゃなくて、ハナクロが勝手に入っていく家《うち》があってね、そこの人がノミがついて困るって思って、首輪だけすることにしたの」

「そうかァ」

アキラの声はそれでいっぺんに明るくなって、アキラはハナクロの脇の下を両手で持って目の高さまで上げた。

「ハナクロはノミがついてるのかァ」

アキラは荒っぽくハナクロを上げたり下げたりしていて、よう子は、
「ハナクロ、アタシにはあんなことさせないのよ」
と言って、それから集まってきている猫たちにエサを出しはじめた。

部屋にもどると工藤さんは「あたし今日もここにいることにした」と言い出した。一晩だけだとみんながあたしに気を使ってあたしが中心の話になっちゃったみたいだからもう一晩いていつものみんなを見てみたい、などと理由はどうとでもつくが理由なんかなくてもアキラもよう子も返事は「うん、いいよ」で、ぼくの返事もそれで決まってしまったことになる。先週は昼間のセックスを日課だと考えたが、工藤さんの一言でそれは日課ではなくなったことになり、ぼくは残念だけれど相手がそう考えるのだったらしないのがいいのがセックスだとアキラの顔を見て考えた。

アキラにさんざんそういうことを言ってきたのだから自分にも同じことを言う、というような倫理的なようなことではなくて、アキラを見ているうちに何かをしたいという自分自身のストレートな欲求や感情が以前ほど絶対的なものではないように感じられるようになったのではないかと思ったということなのだけれど、やっぱりまだ自分でも考えがはっ

きりしなくて、そういうときには自分で考えるより誰かにしゃべってみた方がたぶんいくらか違う考えが出てくるもので、ぼくは電話のたびに意外なことをしゃべってみせるゆみ子に昼すぎに電話した。

相手がぼくだとわかるとゆみ子は、

「どうなった？

もうふられちゃった？」

と、すぐに工藤さんのことを持ち出してきて、ぼくははじめて工藤さんの部屋に行ったときから今日までのことを、いくら相手がゆみ子だといえ自分でもよくしゃべるよと思いながら話したのだけれど、ぼくが最後に、

「自意識が一人歩きしているようなアキラを見すぎてしまったばっかりに、自分の欲望が相対化されちゃったんだ。

——でもやっぱり、釈然としないものが残る」

と言うと、ゆみ子は、

「あなたは前からそうだったじゃない」

と言って返した。

「え？」

「だから、アキラ君がどうこうじゃなくて、あなたは前からそういう相手任せの人間だったじゃない」

ゆみ子の言い方は別にぼくを責めているような調子ではなくて、ただあなたはそうなんだという事実を説明しているだけのような調子だった。そう言われてしまうと、ぼくは「そうだったのかァ」と返事をするだけなのだけれど、ゆみ子はさらに「あなたは物事を解決しようとしない人だもん」と言って、軽い感じで笑った。

「――そんなこともないだろ?」

「そうよ。あなたは解決なんかしないでも、片さえつけばそれでいいと思ってるのよ」

「同じことじゃないか」

「違うじゃない。台風が来るでしょ?」

「いつ?」

「バカ。たとえばの話よ。台風が来たときに、『あ、来ちゃった。通りすぎるまで小さくなってよう』って言って、次の朝、家の屋根が飛ばされてても『通りすぎたんだから、ま、いいか』って言うのが、あなたみたいな片さえつけばいいと思ってる人。解決しようと思う人はちゃんと雨戸に釘を打って屋根に石を載せて、自分で何とかしようとするのよ。

　わかった？」

「わからない。

　おれは喩え話がわからないって、昔から言ってるだろ？」

　ゆみ子は「わかっているくせに、そういうこと言ってとぼける」と言ったが、やっぱりぼくには喩え話はよくわからなくて、「台風ねえ、——」と言っていると、ゆみ子はあなたは片さえつけば釈然としなくてもいいと思っている、釈然としないという状態をずうずうしく受け入れてしまうんだと言ってから、

「才能よね」

　と言って笑った。

　それを言われて思い出したのだが、変なところで「才能」という言葉を持ち出すのはもともとぼくではなくてゆみ子だった。ゆみ子はいつもゆみ子らしい唐突さで「才能ね」と言うのだけれど、ゆみ子にそれを言われるとぼくはそれまで言ったことややったことがなんとなく全部肯定されたような気になる。それでぼくもいつからか知らないが人に対して「才能だな」という言い方をするようになったのだろうが、それはいいとして、

「じゃあ、これからどうなるんだ」

と言うと、ゆみ子は「知らない」と言い、それから、

「ねえ、よう子ちゃんはどうしてるの？」

と言ってきた。

「元気だよ。

だから、よう子とアキラの二人が、おれがこんなことになった張本人なんだから、

——」

「そう？」

「そうだよ」

「よう子ちゃんとアキラ君は違うんじゃないの？　だって、アキラ君だってあなたみたいに、やりたいのにできなくなっちゃった一人でしょ？」

「それはそうだ」

「犠牲者第一号——」

と、ゆみ子は事の展開を楽しんでいるように言い、「——だから、よう子ちゃんの影響力がきっと大きいんだと思う」と言った。

「——影響力？　アキラもおんなじこと言ってた」

ぼくは最近島田がなんだかやたらと熱心に料理をつくるようになって、それをアキラが

よう子に影響されたんだと言ったことや、ぼく自身よう子の代わりに猫たちにエサを配ったことなんかをしゃべったのだけれど、ゆみ子は、

「――犠牲者の第二号はあなたじゃなくて、工藤さんっていう女の子なんじゃないのかなあ」

と言い出した。

「また、そういう予想外のことを言って、おれをハメようとする」

「ハメようなんて、思ってないわよ。だからね、よう子ちゃんっていう子には、まわりにいる人たちに恋愛とかセックスなんかを疑わしく思わせる何かがあるのよ」

ぼくは「何だ、それは」と言ったが、ゆみ子は「知らない」といったん言ってから、

「でも、話の流れだけを聞いているとそういうことになるでしょ？」

と言って、たぶん電話の向こうでうすら笑いを浮かべた。

「探偵みたいなやつだな」

ぼくは気楽な気分でそう言って、電話ボックスのドアを開けた。十月の晴れた午後は閉めたままだと電話ボックスの中は暑くなる。ゆみ子はついさっきのぼくの言葉に関係なく、

「そうねえ」と言って何か考えているみたいだったが、ぼくが飽きっぽいことを知ってい

るゆみ子は、

「あのねえ」

と、一度ぼくの注意を呼びもどしてから、

「よう子ちゃんは未来なのよ」

と、飛躍したことをまた言った。

「何だ、それ」

「だって、よう子ちゃんは、みんなの習慣をつくってっちゃってるんでしょ？　未来っていうのは、新しい習慣をつくることの中にしかないと思わない？」

「だからその未来っていうのは何なんだ」とぼくは言った。

ゆみ子は自然にさらりと「未来」と言ったが、ぼくは「未来」なんていう言葉を何年も発音したこともない。二十年ぐらい前だったら「未来」という言葉も自然でみんなが普通に口にしていたが、いまでは「未来」という言葉にはうさんくさいような響きしか感じられないようになっている。それをいかにもゆみ子らしい唐突さで言われてしかもそれが自然だったから「未来っていうのは何なんだ」と訊くと、ゆみ子は、

「だから、未来っていうのは現在を肯定することよ」

ともう一度言って、あなたが「未来」という言葉が嫌いなら「現在の肯定」でもいいと

いうようなことを言って、

「同じだと思うでしょ？」

と言った。

ぼくはそんなことはいますぐに考えられないと言ったが、ゆみ子は「もうインプットされちゃったわね」というようなことを言っていて、それじゃあ未来と恋愛というのはどういう関係になっているんだとぼくが訊くと、ゆみ子は「え？　そんなこともわからないの」と、大げさな声を上げた。

「だって、恋愛に未来はないじゃない。——かといって、現在の肯定もないじゃない。恋愛には、ただただ現在の自分の不安定な状態を確認する気持ちしかないんだもん」

「そういうもんか」

「——そういうもんなのよ。

二人でクリスマスやって、『あたしはこのときを忘れない』って思うでしょ？

毎日家族とご飯食べてて、『あたしはこのときを忘れない』って思う人、いる？

これがいつまでつづくのかっていう気持ちが前提になってるから、『あたしはこのときを忘れない』って思うんでしょ？」

「——ふぅん」

ぼくの返事は力が入っていない響きだったが、ぼくの返事はいつもそんなもんだから、ゆみ子は気にしないで「あれは一種の神経症なんだもん」と言った。

「恋愛より豊かなものがいっぱいあることを知っている子がいるのね。恋愛が一番なんて思うのは、子ども向けの映画や小説の悪い影響よ」

とも言ったが、ゆみ子の関心は恋愛ではなくてよう子の方にあって、ぼくはそれからゆみ子に訊かれるままによう子の話をした。


ぼくはゆみ子から相手任せで自分では何も解決しようとしない人間だと言われ、そう言われてみればそうなのだろうと思うが、たぶんぼくと同じかそれ以上に相手任せなのが石上さんで、石上さんは次の日曜日には中間試験の終わったミナちゃんとイッちゃんを連れて競馬場に来た。

ミナちゃんとイッちゃんはもうすっかり競馬場の構造や配置を飲み込んでいて、石上さんとぼくの居場所がわかれば「じゃあ、五レースになったらもどってくるね」なんて言ってさっさとどこかに行ってしまって、二人がいなくなると石上さんもぼくもそろって小型ラジオのイヤホンを耳に差し込んで競馬場の時間がはじまる。

小型ラジオで競馬中継を聞くといってもまともに聞くのは出走馬の体重の増減ぐらいで、あとの評論家のコメントなんかは適当に聞き流しているだけだけれど、競馬場にいるあいだはずっとイヤホンで中継を聞くのが習慣になっているから、これはこれで聞かないと調子が出ない。

それでイヤホンからラジオの中継を聞きながらパドックをゆっくりと歩く馬を眺めているあいだに、

「――で、どうなったの？」

と訊くと、石上さんは、

「おう、ちゃんと試験勉強につき合ってやったよ」

と答えてきた。

「二晩もつき合っちまったよ。

おまえねえ、俺の教え方がよかったもんだから、二晩目なんかイッちゃんまで来ちゃったんだぜ」

「だって、来ると泊まってくんだろ？」

「二晩目はちゃんと帰った。

あいつら二人も、どこまでしゃべり合ってんのかイマイチわからねえよ」

「じゃあ、やってもいないのに『やった』って言ってる可能性もあるんだ」

「バカ。ねえよ」

そんなことを言いながらぼくはパドックの馬たちを漠然と見る。評論家はラジオで前肢の踏み込みが力強いだの腹の肉がダブついているだの細かいことを言ってみせるが、そんなことよりもぼくはわざと漠然と見るようにして、それでなんとなくいいのを探す。毎週毎週競馬場に通っていれば見方も買い方も少しずつ専門的になってしまうところがじつは落とし穴で、それこそ専門的なことを言うのが商売のプロの評論家もトータルで赤字にしかならないのだからぼくはひたすら素人っぽく競馬をすることに決めていてつまりはいちいち細かく考えない。

そして騎乗合図の号令がかかって騎手がそれぞれ馬に跨るのだが午前中のレースではそのときに客から掛け声がかかることもなくて、馬が馬道に消えていくのと一緒にこっちもぞろぞろとスタンドに移動していくのだが、ミナちゃんの話のつづきにもどるとつまり石上さんは勉強をみたわけではなくて横で酒を飲みながら「なんでゾウリムシの細胞分裂のことまで知らなくちゃいけねえんだ」なんてことばかりしゃべっていたらしいが、

「それがいいんだよ」

と言う。

「あいつら、もっともらしい顔をした大人が嫌いなんだよ。だからさ、俺みたいな大人が横でかわりにぶつぶつ言ってやってるとさ、本人は気がすんで少しは勉強する気になるんだな」

「ホントかよ」

「いや、ホント」

それが高校生一般にあてはまるものかミナちゃんやイッちゃんだけにあてはまるものか、それともすべて石上さんの思い違いなのかは知らないが、そんなことをしゃべりながらぼくも石上さんもパドックと新聞の評価から印をつけた馬をどういう配分で買うか考える。

選んだ馬が三頭だったらAB、AC、BCの三通りですむが、それが四頭だと六通り、五頭だと十通りになってしまってキリがないから午前中のレースではぼくは三頭までしか選ばない。四頭選ぼうが五頭選ぼうが外すときは外すのだし買い目が多くなれば金の配分にも頭を使うことになって面倒くさい。

そうして馬券を買ってスタンドに坐って発走を待つのだけれど、たしか先週来たときには見事な緑色をしていたはずのコースの芝生がずいぶんくすんだ色になっていることに気がついた。毎年そうなのだが十月はじめの〈毎日王冠〉というレースのときには芝生が緑でその三週間後の〈天皇賞〉のときには芝生が完全な茶色になっている。ある時期の植物

にとって三週間というのは姿を変えるのに充分な時間ということなのかもしれないが、そうしていると石上さんが、

「しかしさあ、朝目が覚めてテーブルの上に手紙が置いてあると、疲れるぞ」

と、ミナちゃんの話のつづきをはじめた。

「あの、ベタベタのテーブルに？」

「だから、ミナちゃんが掃除するからピカピカなんだよ。ピカピカに磨きあげたテーブルに手紙があるんだ――。

俺は『ハァーッ』て、ため息ついて、深くうなだれたね」

「それで？」

「だから、深くうなだれたんだよ」

「それだけか」

「それだけだよ。

朝っぱらから深くうなだれれば充分だろ？」

ぼくはゆみ子の言った台風の話を思い出した。相手任せで何も自分から解決しようとしない石上さんは台風のときは首をすくめて通りすぎるのを待ち、朝、女の子の置いていった手紙を見ると頭を深くうなだれてそれですます。

「――ゆみ子がそんなこと言ってたよ」

「ゆみ子かァ、あいつの話もろくなもんじゃねえよ」

ミナちゃんの手紙にはゆうべあのときアタシがああしたら石上さんは知らん顔して何々してたけど、あのときのアタシの本当の気持ちはそうじゃなくてやっぱりアタシはどうこう――というようなことが書いてあって、最後に「でもこんなこと書いたことなんて気にしないで、この手紙もすぐに捨ててください」と書いてあったから、

「俺はミナちゃんの希望どおり気にしねえんだよ」

と言って、石上さんは「アハハ」と笑った。

レースは自分の買っている馬が来ればゴール前で「差せ！　差せ！」や「そのまま！　そのまま！」と叫ぶし、来なければそれっきりで、どっちにしろまたパドックに向かって歩いていくのだが、ぼくが、

「そんなことしてると、だんだんミナちゃんも重ったるくなってくるんじゃないの？」

と言ってみると、石上さんは、

「そうじゃねえんだ」

と、平気な顔で言ってきた。

「あいつらすぐに手紙書きたがるらしいんだよ。

何でも手紙に書いて、学校の中なんかで渡してんだってさ」

「でも、けっこう重そうじゃん」

「だから、そうじゃねえんだよ。

あいつら手紙書くと、パブロフの犬の条件反射みてえに『本当のアタシは』って書いちゃうだけなんだよ。

本当もウソもねえよ。見てのとおりだよ。いつもあの調子だよ」

と言って、石上さんはどこかを歩き回っているミナちゃんとイッちゃんに向かって指を差していたが、五レースが近づくとミナちゃんとイッちゃんが、

「さっき、勝った馬すぐそばで見てきちゃった」

なんて言いながらもどってきた。

「石上さんは見に行かないの?」

「これから勝つ馬だったら見に行くよ」

「え? 見れるの?」

「冗談だよ。

それがわからないからオジさんたちは苦労してるんだろッ?」

「あ、そうか」

イッちゃんは「あ、そうか」と言ったけれど、ミナちゃんは、「でも、3番が勝つって言ってたよ」

と言い出して、石上さんは一度大げさに目だけ動かしてぼくを見てから上を向いて笑い出した。

おかしくて笑うというよりもミナちゃんにそれ以上しゃべらせないための笑いみたいだったが、ミナちゃんはまじめな顔で「何がおかしいの？」と言っていて、

「だから、誰がそんなこと言ってたんだ」

と石上さんが言うと、

「あそこのところにいた人」

と、ミナちゃんは人ごみの一角を指差した。

万事がこんな調子らしい女の子が、手紙を書くと「本当のアタシは」となってしまうのは困ったことだけれど、それはそうとミナちゃんのように何も知らない女の子が突然口にする馬券は冗談でも買っておくもので、3番は本当に来てしまった。

「来ちゃったよ」

と、ぼくと石上さんが顔を見合わせている横でミナちゃんは「え？」としか言わなかったが、事態がわかっても少しも残念がらずに「へー。じゃあ買えばよかったね」と言うだ

けで、

「また、今度聞いてきてあげるね」

と、無邪気な顔で言っているのが石上さんの部屋にセックス目当てで来た子と同じとは思えないが、トンチンカンなことを言うのも少し重い手紙を書くのも好きになるとすぐにセックスするものだと思っているのもやっぱり同じ一人の女の子なのだから仕方なくて、石上さんは、

「さあ、昼飯だ」

と言って、二人をコースの中にある公園みたいなところに連れていった。

それで部屋にもどると工藤さんがいる。工藤さんはこの前の日曜に来てから一晩下高井戸の部屋にもどっただけであとはずっとぼくの部屋にいて、よう子のかわりに島田に料理を教えたりよう子やアキラと一緒に猫のエサを配ったりしていて、アキラの「ねえ、工藤さんも働かないことにしたの?」というおかしな質問にも、

「どうしようか、——」

と答えている。そのとき工藤さんがぼくをちらっと見ても見なくても同じことで、ぼく

はどっちがいいとも答えないがたぶん表情は「いいんじゃないの？」というような表情にしかなっていないから、答えとしても結局そういうことになる。

日曜日に競馬から帰ってきたときには猫たちのエサ配りは終わっていて、アキラはステレオでジャマイカかフィリピンあたりのグループが歌っている歌謡曲のテープをかけ、よう子はいつからつけはじめたのか知らないうちにつけるようになっていた猫たちの記録をノートに書きこんでいて、工藤さんは島田に茄子とピーマンの味噌炒めの手順を教えていた。

「――茄子を炒める方が時間かかるでしょ。ピーマンはざっと炒めればいいから、――」

「や、それはわかるけど、茄子はどれくらい炒めるの？」

「テキトー、よ。ちょっと柔らかくなったかなっていうぐらい」

「や、おれ、茄子ってさ、生っていうの？　ちょっと固いの。あれ嫌いなんだ。柔らかくないと苦手なんだ」

「だって島田さん、このあいだ麻婆茄子つくったじゃない」

「や、だからあれはちょっと失敗した」

島田も変なところで細かいが工藤さんはもうすっかり島田の発音が聞き取れるようになっていて、いちいち「え？」と聞き返すこともなくて、「じゃあ、茄子の加減が知りたく

なったときだけ呼んで」と言って、ぼくのところにきて、髪の毛をうしろに束ねる仕草をしながら、

「ねえ、三谷さんって言ったっけ？　あの人どうしてるの？」

と訊いてきた。

「三谷さん？　あの人は変わらないよ」

ぼくがそう言うと、アキラが「ねえ、三谷さんって、誰？」と話に割りこんできた。工藤さんは「三谷さんっていうのは変な人でねえ、――」と言いかけたが、そこからさきの説明がつづかなくて、アキラに「ねえ、変な人だけじゃあわからないよ」と言われて、

「――だって、何て言ったらいいの？」

と、そこでぼくに助けを求めてきたからぼくは、

「歌舞伎の早がわりかなんかで、糸一本引っ張るとパラッて、着物が落ちるようになってる仕掛けがあるだろ？」

と言った。

三谷さんにとって世界というのはそれと同じで、一つ重大な真理を知ってしまえばすべてがそれで解けるんだと信じている。いまはもっぱら競馬のことしか頭にないが、三谷さんは競馬にかぎらずすべて世界というのはそういうもんだと思っているんだと言うと、予

想したとおり、三谷さんを知っている工藤さんには通じてもアキラにはさっぱり通じなくて、アキラは諦めて「よう子ちゃん、もう書いた？」と言ってよう子のノートを覗こうとしたが、よう子にも「ダメ」と言われてアキラはダイニングにいる島田のところにいき、工藤さんは「それで三谷さんは、どう変わらないの？」と、話のつづきにもどった。

「だから、いつも『今度こそ勝つ。絶対だ』って言ってるんだよ。

この前は陰陽五行説って、あるだろ？〈木・火・土・金・水〉っていうの、――」

「うん、言葉だけは知ってるけど、――」

「おれもよくわからないんだけどね」

陰陽五行説だろうが古代アステカの秘法だろうが、早い話がそれが競馬の暗号だという意味では三谷さんにとってすべて同じことなのだが、三谷さんというのはつ
いつい徹底してしまうところのある人で今回はその陰陽五行説をもっと詳しく知ろうとして、その道の先生のところに行くことになったんだとぼくは言い、工藤さんは「ふん、ふん」と頷いていた。

もちろんそれはこのあいだ三谷さんが言っていた前世の霊で目が腫れあがったりする先生のことだ。つまり三谷さんはとうとうその先生のところに行ったのだが、三谷さんは目が腫れあがりもしなければ古代アステカ語をいきなりしゃべり出したわけでもなかったか

らぼくは工藤さんといてもその話は忘れていたのだけれど、工藤さんがつづきを聞きたいような顔をしているから、

「その先生っていうのは、前世の霊も見えるんだって」

と言うことにした。

「自分の前世が、霊になってついてるんだって、——」

「ふうん、——」と言って、工藤さんはちらっと島田の方に目をやった。

島田は茄子とピーマンを切り終わって鍋を温めはじめたところで、工藤さんはぼくに視線をもどして「まだみたい、ね——」と言ってから、目許と口許に笑みをうかべながら
「それで?」と言った。

「そしたら、三谷さんの前世っていうのは女郎屋の経営者だったんだって」

「ちっとも変わらなくないじゃない」

と工藤さんは笑いと一緒に声をたてたが、ぼくは「でも変わらないんだよ」と言った。

「それが悪い女郎屋でさあ、女郎から搾り取るだけ搾り取って、ボロボロになったらポイッて捨てちゃうようなやつだったんだって、——」

「その感じわかる」と言って、工藤さんはセーターの袖をたくしあげながら部屋の中を一度見回して、

「だって、三谷さんって、信じられないくらい自分のこと以外は無関心そうなんだもん」と言った。

「ヒューマニズムがないんだよな」

三谷さんは前にぼくに「世界を知りたいという願望は、ヒューマニズムの歴史より古いんだ」と言ったことがある。エジプトの昔から神官は存在していたが彼らはヒューマニズムについて考えていたわけではなくて世界の真理を知ろうとしていたんだと言ったんだとぼくが半ば笑いながら言っていると、よう子が書きかけのノートから顔を上げて目を大きく見開いてこっちを見ていて、ぼくは三谷さんっていうのはそういう人なんだと言った。

「——でもね、年とって自分の人生を悔いあらためるんだって。悔いあらためて放浪の旅に出て、いろんな場所で人を救って歩くようになるんだって」

工藤さんはまっすぐに投げ出した両脚の先に目をやっていて、その爪先を交互に合わせながら「ホントかなあ」と言い、ぼくは「本人はそう言ってた」と答えた。

そして前世の三谷さんは孤独の中で死んでいく。しかしそれは一人寂しくという心境ではないらしく、ある種の満足感というか、平静な心持ちとともに死んでいったんだと言う。

「それで三谷さんは何て言ってたの？」

「え？　だから、この人生も悔いあらためるときがくるまでは、このままやるんだって言ってた、——」

つまり三谷さんは変わらない、ただ変わらないのではなくていよいよ確信を持って変わらないのだけれど、そこまで話したときに島田がダイニングから工藤さんを呼んだ。工藤さんは島田の横に立ってちょっとつまんで茄子の味をみて「こんなもんなんじゃない？」と言ってから、もう一度指をなめて「ねえ？」とぼくの方を見て、

「どんな前世でもね、知るっていうのは安心することなんじゃないのかなあ？」

と言ったが、そのとき島田が横から、

「や、そうだ」

と口をはさんだ。

「なんだ。聞いてたのか？」

「や、途中から、——」

それでぼくは話がしやすいようにダイニング・テーブルに移り、よう子もぼくにつられて来たが、工藤さんが、

「だって、自分のパターンがわかるっていうことでしょ？」

と言うと、島田がまたそこで、

「『性格とは繰り返し現われる典型的な体験だ』って、ニーチェが書いてる」

と言った。

「え？　性格とは、――？」

「『――繰り返し現われる典型的な体験だ』――って」

「島田さん、急に普通のしゃべり方するんだもん」と工藤さんが笑うと、よう子は「島田さんって、人の言葉は普通にしゃべっちゃうの」と言っていたが、ぼくは、

「じゃあ、性格がとりとめがないほど『典型的な体験』には出会わないんだな」

と言った。あるいはニーチェはその逆に、繰り返し現われる体験によって人の性格はつくられていくのだと言っているのかもしれないが、茄子の味見をしてからなんとなくそのまま立っている工藤さんが、

「でも、三谷さんは信じてるんでしょ？」

と言ってきて、ぼくは「あの人は信じるんだ」と答えた。

「あたしもけっこう信じた、――」

工藤さんがそう言ったのを、「前世の霊を？」と訊き返したのはよう子だが、工藤さんは頷く動作なしに「うん」と返事をしてから、

「だって、運命とかそういう、決まっちゃってることっていいじゃない」

と言って、口許にいつもの笑いを浮かべてよう子を見た。

「あたし、顔とか、自分で変えられないものって、いいと思うの。受け入れればいいんだもん。

いちいち全部自分で決めるって、じつはけっこう大変でしょ?」

よう子はすぐには返事をしないで、立ったままの工藤さんを少し見上げ加減に見つめていて、そのうちに、

「サチみたい、――」

と言って、ぼくを見て微笑んだ。サチというのは工藤さんに似ていると言われたよう子の友達で、工藤さんもその子のことはすでによう子から聞いて知っている。

「――サチはねえ、星占いなんかで『今月あなたはこうこうだから、注意しなさい』って書いてあるのが気に入らないって言うの。『今月あなたはこうこうだから、覚悟しておけ』って書けって言うの」

よう子がそう言うのをぼくは工藤さんを見ながら聞いていて、しゃべり終わるとぼくは「荒っぽいこと言うやつだ」と言ったけれど、工藤さんは自分も同じことを言うと認めるように穏やかな苦笑をして見せた。

「言うんだろうなあ、――」

「うん、――たぶんね」

「でも、サチっていう子の方が七歳下っていうことだよなあ」

「——あたしより？　でも、変わらないんじゃないの？」

と言っている工藤さんをよう子は夏の陽焼けがまだ残っている顔に目だけ子どもっぽく動かして興味深そうに見ているのだけれど、よう子というのは工藤さんやサチという子の持っている荒っぽさというか攻撃性とは縁がなさそうな顔をしていて、まあ言ってしまえば猫を見ているときといつも変わらない表情をしている。

よう子がサチという子の話を出すたびにぼくは何年か前の工藤さんをそこに当てはめて、それでぼくが知るよりずっと前の工藤さんを想像したり埋め合わせたりしているらしいのだが、よう子にはそれがなくて少しもの足りないような気もするが、アキラが、

「ねえ、よう子ちゃん、サッちゃん呼ぼうよォ」

と言うと、食事の仕度のできた島田が、

「や、そうだ」

と言った。たぶん工藤さんに気がある島田はその意味でサチという子に会ってみたいのだろうが、よう子は、

「——でも、実物見ちゃうと似てるって思わないかもよ」

と言ってきて、ぼくは「そんなことかまわないよ」と答えた。

「ねえ、いま電話したらさあ、今夜来るって言うかなあ」

「今夜？」

「うん」

「――でも、サチなら言うんじゃないかなあ」

「じゃあ、電話してみなよ」

という成り行きでよう子はサチという子に電話をかけることになった。

『草の上の朝食』一九九三年八月、講談社刊
（初出『群像』一九九三年三月号）

解説　「愛とおしゃべりと性欲のトライアングル」

石川忠司

保坂和志の小説の中でも、とりわけこの『草の上の朝食』（および前編にあたる『プレーンソング』）に出てくる連中は、みんな恐ろしく気楽で脳天気に見える。

例えばアキラは異様にテンションが高くてひとなつこく、いつも何かしらさわいでいるし、よう子は毎日毎日かかさず近所の野良猫にエサを配って歩き、島田は島田でほとんど何もせず寝ころんだまま、汗もかかず、シャワーも浴びず、聖書を読み、しゃべれば早口でまるで妖怪のような暮らしぶりだ。——要するに、彼らはそれぞれ満ち足りて、とても幸福そうに見える。

この気楽な雰囲気、楽しげで親しげな雰囲気、くつろいでのびやかな雰囲気は一体どこからくるのか。働いてなくてヒマだからか。語り手の「ぼく」も競馬仲間の石上さんや三谷さんもいちおう働いてはいるにせよ大して熱心ではなく、つまり『草の上の朝食』のキャラクターたちは、野良猫もふくめて、あまり真剣な労働意欲などもっていそうもないからこそ気楽に見えるのだろうか。

当然違う。そんな通念とはまったく反対に、人間にしろ多分猫にしろ、実は「仕事」ぬきで脳天気でありつづけるのはとても難しいことなのだと思う。

自分の経験や観察からすると、どうもわれわれという存在は、例えば男の場合だったら会社に入って職に慣れ、そしていよいよ新入社員の女の子の前でさも仕事ができるふりをしてみたり、彼女のまだぎこちない作業の様子を優しい目で見守るふりとかをしていないと駄目になっていくような気がしてならない。また仕事上の危機をいかにも己の力だけで乗りきったふりとか、ともかく日常心理の中にもうどうしようもなく巣食うチンケなヒロイズムをそのつど満たしてやらないと駄目になり、専制的で気むずかしい変人になっていくような気がしてならない。

驚くほど手間いらずの完全食品であるトウモロコシを主食にしたため圧倒的なヒマを手に入れ、その豊かな時間を使って巨大ピラミッド群を造り生け贄を捧げまくる不気味な神権国家を生み出した民族をここで例にとってもいい。あんまりヒマだったゆえに、彼らは自らに対して抑圧的・専制的になる方向に走ったというわけだ。

恐らく、本来「仕事」とは、ささいでチンケだがしかし非常にリアルな欲望を十分満足させるための楽しげでわくわくする場所のはずで、「人類は真の必要なんかに駆られて働いているのではない」と主張するバタイユを引きあいにだすまでもなく、いわゆる勤労、生産行為としての労働作業など、「仕事」の「本分」からするとただのつけ足しに過ぎないのだろう。

だから『草の上の朝食』の連中みたいに、そんな「仕事」とは切り離されてなお気楽で親しげなとき、しかもそうしたくつろいだ雰囲気が恒常的に持続している以上なおさら、それはれっきとした人工的な「技術」や「方法」の産物なのであって、そして多分この「技術」には性欲というものが深くかかわっている。

＊

冒頭のシーン。——アキラは「ぼく」を朝早くにたたき起こし、「よう子ちゃんオレのこと、どう思ってるんだろ」と相談する。「ぼく」が「よう子はおまえのこと好きだよッ」と言い、「バクバク物を食う」とか「あたりかまわず大声出す」とかアキラの実にいいところをわざわざいくつか挙げて説明してやっても、アキラは「でもやっぱりさあ、その好きとあっちの好きとは好きの意味が違う……」としつこくて、それに対する「ぼく」の反応はこうだ。

「好きは全部おんなじだ。人間には近づきたい気持ちと遠ざかりたい気持ちの二つしかないんだよ」

乱暴のようだがぼくはかなり本気でそう思っているから言葉の勢いに説得力もあったはずで――

あくまでもアキラは「その好き」（親密さ／親しげな感じ）と「あっちの好き」（性欲）の区別・断絶にこだわるが、ここで両者はともに「近づきたい気持ち」と呼ばれ「おんなじ」もの、質的にいっしょくたなもの、連続的でつながったものにされている。

つまり「性欲」は、まさに自らの分身として、自分と非常に近似的なコピーとして、リラックスした「親密さ」を生みだすのだ。作品の終わりの方で、「ぼく」とつきあっている工藤さんが、「ぼく」とのセックスを「日課じゃなく」したかわりに、アキラやよう子や島田のいる空間とすごくくつろいで親密な関係を築いていったように。

楽しげな雰囲気、親しげな雰囲気が人間や動物のいる空間を満たすには、まずは性欲があって、そしてそれをいかに大気中にバラまくか、いかに生（ナマ）のいわゆる「性欲」

としてでなく自然に外へ放出するかが問題となるのではないだろうか。気楽でいるための「技術」とは、性欲の自然な流出にかかわることがらに他ならない。

よく「若い頃は性欲が盛んで、年をとるにつれだんだんと衰えてくる」といわれている。そんなのは物語的な迷信だ。若いうちは確かに性欲は盛んだが、しかしあんまり盛んすぎて何の努力もせず自動的にそれを大気中にバラまいてしまい、そうして「世界」と「境」はわけもなく無闇に楽しくわくわくするもの、みずみずしいものとなって現れてくる。このとき、悩んだり苦しんだりする行為も含めて、すべてが愉快ですなわち「生きること」自体が嬉しい。

これが年をとると、性欲がただの「性欲」として徐々に身もふたもなく狂暴になるかわりに、肝心の「世界」の方はどんどんつまらなく平板になっていく。まったくどこへもつながらない生（ナマ）の「性欲」、閉鎖的で重苦しい即物的な「性欲」を人間が実感できるのは少なくとも三十を過ぎてからじゃないかと思う。

『草の上の朝食』は主にアキラやよう子やいつもビデオカメラをまわしているゴンタたち、比較的若めの連中が「活躍」する話だが、にもかかわらず「ぼく」という尻のかたちが気になりだした三十男を語り手（小説の中心的存在）に据えたのは、その年ごろあたりから真に「いかに脳天気にやるか」「いかに若いときのように楽しげな雰囲気の中で生きるか」

の問題、すなわち「性欲流出の技術」の問題がリアルになってくるからだといっていい。

要するにこの作品は、印象やイメージに反して、さわやかな青春小説の類とは微妙にチューニングの具合が違っている。これは実は文学の世界では非常に珍しい「中年」の生き方を追究する小説なのだ。しかし安定して渋味すら感じさせたり、反対に哀しく情けなかったりするいわゆる中年とはまるで関係がなくて、かといって成熟しきれない現代的な青年がテーマなわけでも断じてなく、正確にあきらめの悪い中年、もしくはなかなか往生しようとしなくて見苦しい中年を描く小説の系譜に属しているのである。

*

民話とかの物語では誰がどんな行為を行うのかが、また映画では具体的な人物（役者）がスクリーンでどんな仕草をするのかが、作品を考える上でとても重要だ。対して、『草の上の朝食』の場合には、かわりに「誰がどうしゃべるのか」が重要なポジションを占めている。ここではいっさいが会話を軸に「展開」していくだろう。

保坂和志のつくる会話のうまさには定評がある。おしゃべりのシーンなんて書くのは一見やさしそうだが、しかし世間の多くの小説の中を探してみてもまともな会話は案外と少ない。大抵、会話（セリフ）は冗長な同語反復であったり、地の文でもやれる論理的な説明を二、三人に分散し、くだけさせただけだったり、または「内容のある思想」の開陳であったりする。

そうじゃなく、もっと力がぬけて、「無責任」で、のびやかなものをこそ日常の「会話」と呼ぶべきだ。――『草の上の朝食』の連中はみんなよくしゃべるが、それで別に何か内容や意味をやりとりして互いにコミュニケートしたり共感したりしているのではない。つまり、「友情」とか「恋愛」とか「意見」とかのいわば観念的な「内実」を共有しているわけではない。

彼らは普通に一緒にいて、ただしゃべってダラダラくつろいでいるだけ、即物的に声で、大気をかきまぜているだけであり、しかし多分このようにしてのみ性欲は自然に外へと放出される。空気と物理的・音響的な関係をもっている声、身体の奥底と空気をつないでいる声という媒介を通じ、無事大気の中へとバラまかれていくわけである。

会話、性欲、そしてバラまかれた性欲としての気楽で楽しげな雰囲気、すなわち世界をおおう幸福な「愛」。――これら三つはいつもセットになっている。周知のように、プラトンの『饗宴』は哲人たちが飲み会の席でエロス（性欲、愛）についておしゃべりしている模様を描いた対話篇だが、プラトンが「愛」を語るためにはどうしても「対話／会話」

という形式を必要としたのだと思う。もっとも当時は詩と劇と対話篇があるのみで散文はいまだ存在しなかったらしい。ならば、散文以外の対話篇で書かざるをえなかったからこそ、古典ギリシアはエロス（性欲、愛）の存在を発見できたのだとは言えないか。『草の上の朝食』は『饗宴』の現代ヴァージョンだ。保坂和志はここで二十世紀末ならではの「愛」を発見しようとしている。世界をわくわくさせ勇気づけるための「愛」を。するとアキラやよう子や島田やゴンタたちはギリシアの哲人に相当することになるが、なるほどそう考えて見ると、彼らが妙に飄々として誇り高いのもうなずける。

（文芸評論家）

中公文庫

草《くさ》の上《うえ》の朝食《ちょうしょく》

2000年11月25日　初版発行
2014年4月25日　5刷発行

著　者　保坂《ほさか》和志《かずし》

発行者　小林敬和

発行所　中央公論新社
〒104-8320　東京都中央区京橋2-8-7
電話　販売 03-3563-1431　編集 03-3563-2039
URL http://www.chuko.co.jp/

印　刷　三晃印刷
製　本　小泉製本

Published by CHUOKORON-SHINSHA, INC.
Printed in Japan　ISBN4-12-203742-5 C1193